Mae Wena ac Indeg, ei chwaer fawr, yn hollol wahanol i'w gilydd – a dydyn nhw ddim yn cyd-dynnu o gwbl. Tomboi anniben yw Wena sy'n dwlu ar anifeiliaid, cwtsio yn ei ffau gyfforddus a gwneud stribedi comig – yn enwedig o'i hoff gymeriad, Wena. Felly dydy hi ddim yn hawdd byw gydag Indeg, sy'n ferch 'go iawn', yn dwlu ar bopeth pinc a phefriog.

Ond mae pethau ar fin mynd yn llawer gwaeth. Pan fydd busnes gwnïo dillad Mam yn dechrau gwneud yn dda, mae hi eisiau defnyddio stafell sbâr yn y tŷ i wneud ei gwaith. Am y tro cyntaf erioed, mae'n rhaid i Wena ac Indeg rannu stafell – a chyn hir mae'r merched yn ymladd bob dydd.

Ond pan fydd ffrae'n mynd dros ben llestri, a fydd Wena'n sylweddoli pa mor bwysig yw ei chwaer iddi?

Jacqueline Wilson

Addasiad Cymraeg Elin Meek

Y peth gwaethaf am fy chwaer

Lluniau gan Nick Sharratt

Gomer

Cyhoeddwyd gyntaf ym Mhrydain yn 2012 dan y teitl
The Worst Thing About My Sister
Cyhoeddwyd gyntaf yn Gymraeg yn 2015
gan Wasg Gomer, Llandysul, Ceredigion, SA44 4JL
www.gomer.co.uk

ISBN: 978 1 78562 027 0

Cyhoeddwyd gyda chymorth ariannol Cyngor Llyfrau Cymru.

Argraffwyd a rhwymwyd yng Nghymru gan
Wasg Gomer, Llandysul, Ceredigion, SA44 4JL

*Er cof am Molly
a'i chwaer Isabella –
oedd yn caru ei gilydd yn fawr*

Y peth gwaethaf am fy chwaer yw ei bod hi'n gymaint o *ferch*. Wel, merch ydw i hefyd, ond dwi ddim yn ferch binc, befriog, llawn ffriliau a secwins. Meddylia am gacennau bach a thedis blewog, meddal a breichledi – dyna Indeg.

Mae hi'n gadael llwybr bach pinc o gwmpas y tŷ – sleidiau gwallt a rhubanau a llyfrau nodiadau, a'r cyfan yn pefrio i gyd. Rwyt ti'n anadlu ei phersawr ych a fi am oesoedd ar ôl iddi fynd i weld ei ffrindiau. Dydy hi ddim yn

cael gwisgo persawr go iawn eto, ond mae ganddi hufen dwylo sy'n drewi o rosod. Mae'n ei roi dros ei dwylo a'i chorff i gyd hefyd, felly mae hi bob amser ychydig bach yn llithrig.

Mae ei gwefusau hi'n disgleirio hefyd, oherwydd mae hi'n rhoi rhywbeth arnyn nhw drwy'r amser i wneud iddyn nhw sgleinio. Dydy hi ddim i fod i wisgo colur eto chwaith, dim ond i chwarae, ond mae ganddi fag plastig mawr a chathod bach pinc drosto. Mae hwnnw'n llawn colur llygaid a masgara a phowdr gwrido – dim ond hen stwff Mam oedd ganddi, ond erbyn hyn mae Indeg yn gwario hanner ei harian poced yn Superdrug.

Pan oedd Indeg yn y tŷ bach, sleifiais i mewn i'w stafell wely binc a blewog i fenthyg beiro achos bod fy rhai i wedi dod i ben. Doedd dim sôn am ei bag ysgol – roedd e wrth y cyfrifiadur lawr llawr, siŵr o fod – felly dechreuais chwilio yn ei bag colur am rywbeth addas. Des o hyd i bensil llygaid newydd sbon; roedd yn finiog ac roedd hogwr bach gyda fe.

'Nôl â fi i Ffau Wena, eistedd ar y bync uchaf, a dechrau tynnu llun antur newydd anhygoel Wena Wych. Doeddwn i ddim yn bwriadu defnyddio llawer o'r pensil. Dim ond braslun cyflym roeddwn i'n mynd i'w wneud. Ond yna

ces i syniad gwych – rhoi sbringiau enfawr i
Wena Wych yn ei thraed, fel ei bod hi'n gallu
neidio – *b-o-i-ng* – dros doeon a pholion lamp
a choed. Wrth dynnu llun y campau hynod
hyn, defnyddiais dair tudalen gyfan yn fy llyfr
braslunio – a'r rhan fwyaf o bensil Indeg.

Yna gwthiodd Indeg ei thrwyn i mewn i
Ffau Wena, a sôn am ryw frwsh gwallt oedd
ar goll. (Roeddwn i wedi arbrofi drwy ei ludio
wrth gefn hen dedi, gan ei droi
yn ddraenog o'r enw Derfel.)
Welodd hi ddim ohono'n ffroeni
am fwydod o dan fy ngwely,
ond fe *wnaeth* hi weld gweddill
ei phensil llygaid yn fy llaw fach
boeth.

'Yr *hwch* fach â dwylo blewog!' gwaeddodd. 'Roedd y pensil 'na'n un newydd sbon – a nawr does dim llawer ohono ar ôl.'

'Wel, doedd hi ddim yn fargen dda, nac oedd?' meddwn i, braidd yn annoeth. Efallai y dylwn i fod wedi dweud sori – ond galwodd hi fi'n hwch. Dwi'n hoffi moch, fel mae hi'n digwydd, a dwi'n dwlu ar grafu eu cefnau nhw â darn o bren pan fyddwn ni'n mynd i'r fferm fach.

Beth bynnag, wyddost ti beth *wnaeth* Indeg? Tynnodd hi'r tair tudalen allan o'r llyfr a'u rhwygo nhw'n ddarnau mân. Allwn i ddim *credu* y gallai hi fod mor gas. Hynny yw, gallai hi brynu pensil arall unrhyw bryd. Efallai y byddwn i hyd yn oed wedi talu hanner y gost fy hunan. Ond roeddwn i wedi treulio dwy *awr gyfan* yn tynnu lluniau Wena Wych, a nawr roedd hi'n bentwr o gonffeti ar y carped. Felly dyma fi'n bwrw Indeg yn ei brest. A rhoddodd hi slap i mi yn fy wyneb. Ac yna roedden ni'n rholio dros y llawr, yn gwthio ac yn sgrechian. Dwi'n llawer gwell am ymladd nag Indeg, ond mae hi'n crafu

10

â'i hewinedd miniog. Dwi'n ymladd yn ffyrnig a dwi'n gwybod sut mae taro ergyd yn iawn, ond mae Indeg yn llawer mwy na mi.

Efallai mai *dyna*'r peth gwaethaf am fy chwaer. Mae hi ddwy flynedd a hanner yn henach, a hyd yn oed os dwi'n gwneud fy ngorau glas, allaf i ddim dal i fyny â hi.

Byddwn i wedi'i threchu hi serch hynny, dwi'n siŵr. Petaen ni wedi cael llonydd, byddai Indeg wedi bod yn stwnsh pinc, ond rhedodd Mam allan o'i stafell wely ac i mewn i Ffau Wena i'n hatal ni.

'Beth yn y *byd* ry'ch chi'n wneud? Rhowch y gorau iddi *ar unwaith*, Owena ac Indeg! Ry'ch chi'n gwybod yn iawn nad ydych chi i fod i ymladd o gwbl. Nid anifeiliaid ydych chi, ond *merched*.'

Gwahanodd hi'r ddwy ohonon ni a'n codi ar ein traed. 'Rhag cywilydd i chi!' hisiodd. 'Yn enwedig heddiw, a Mrs Evans ac Alys yn fy stafell wely, yn gallu clywed popeth. Mae Alys yn ferch fach mor annwyl hefyd. Fyddai hi *byth* yn ymladd.'

'Mae ofn ei chysgod ar Alys felly fyddai hi'n mynd yn sownd mewn bag papur,' meddwn i.

Mae Alys yn fy nosbarth i yn yr ysgol a dwi'n methu ei dioddef hi. Mae hi'n ceisio bod yn ffrind i Beca a Nia, y ddwy ferch gas sy'n codi ofn ar bawb. Mae hi'n rhoi creision a siocledi iddyn nhw fel na fyddan nhw'n pigo arni. Mae hi *wrth ei bodd* os ydyn nhw'n pigo ar rywun arall. Fel fi.

Nid *fi* roddodd wahoddiad iddyn nhw ddod draw i'n tŷ ni. Fyddwn i byth yn gwneud! Hi ddaeth draw gyda'i mam achos mae ein mam *ni*'n gwneud ffrog barti iddi. Roedd Mam yn dechrau bod yn *enwog* am wneud ffrogiau ofnadwy sy'n llawn ffriliau, brodwaith, smocwaith a mil o beisiau pigog. Roedd hi'n arfer gwneud ffrogiau oedd yn union yr un fath i Indeg a fi pan oedden ni'n fach iawn. Roeddwn i'n arfer gweiddi nerth fy mhen a chadw fy mreichiau'n dynn wrth fy ochrau fel na allai hi roi'r ffrog amdanaf i. Roedd Indeg yn arfer *hoffi* ei ffrog hi, a byddwn i'n teimlo'n sâl wrth ei gweld hi'n dawnsio o gwmpas yn symud ei sgertiau. Erbyn hyn mae hithau wedi callio hefyd ac yn dweud bod ffrogiau â smocwaith yn fabïaidd, yn gwneud iddi deimlo embaras, y gwrthwyneb i cŵl.

Ond daeth ein ffrogiau ni'n destun siarad yn yr ardal, ac mae mamau eraill yn dal i fod eisiau gwneud i'w merched bach wisgo ffriliau. Felly, mae Mam yn meddwl tybed a all hi wneud ychydig o arian wrth wnïo ffrogiau. Mae hi'n brysur yn dylunio ffrogiau parti a ffrogiau morynion priodas – mor brysur, fel nad oes ganddi gyfle bob amser i weld beth rydyn *ni*'n ei wisgo. Pan nad ydyn ni'n gwisgo ein ffrogiau ysgol coch a gwyn ych a fi, mae Indeg yn codi ei sgertiau ac yn gwisgo topiau tyn ac yn rhoi sanau yn ei bra newydd. Mae hi'n meddwl ei bod hi'n edrych yn llawer henach, bron fel merch yn ei harddegau. Druan â hi!

Dwi'n gwisgo jîns cyfforddus a'm crys-T 'POW!' a'm hesgidiau tartan Converse. Dwi'n eu gwisgo nhw dro ar ôl tro achos dyna fy hoff ddillad, felly dwi ddim yn gweld pwynt gwisgo dim byd arall.

'Am *olwg* sydd arnat ti!' meddai Mam. Rhoddodd hi ysgydwad i'r ddwy ohonon ni ac yna daliodd ei gafael ar fy nghrys-T, a syllu arno. 'Er mwyn popeth, Owena, mae'r crys-T yma'n fochaidd!'

'Dim ond diferyn o sudd oren yw e, pan chwarddais i ar yr adeg anghywir amser swper. Mae e mor rhyfedd pan fydd y cyfan yn arllwys mas o dy drwyn di.'

'Ond mae *dyddiau* ers hynny! Rwyt ti'n gwybod yn iawn y dylet ti wisgo crys-T glân bob dydd. Oes rhaid i mi sefyll uwch dy ben di a dy wisgo di fel babi?' meddai Mam.

Chwarddodd Indeg. Cam gwag.

'Dwi'n synnu'n fawr atat *ti*, Indeg. Fe ddylet ti wybod yn well, wir. Ti yw'r hynaf. Beth ododd yn dy ben di, dy fod ti eisiau ymladd â dy chwaer fach?'

'Buodd hi bron â defnyddio fy mhensil llygaid i gyd, Mam, wrth sgriblan ei chartwnau dwl.'

'Stribed comig yw Wena, nid cartŵn. Ac fe rwygaist ti'r cyfan, a finnau wedi treulio *oesoedd* yn ei wneud e.'

'Dydy hyn ddim yn bwysig *o gwbl*,' meddai Mam. 'Nawr, gwnewch eich hunain yn daclus. Indeg, cer di lawr llawr a thynnu'r pitsas allan o'r rhewgell. Owena, newidia'r crys-T yna *nawr*. A'r ddwy ohonoch chi, peidiwch â chodi cywilydd arnaf i o flaen Mrs Evans.'

Fel petai hi'n clywed y cyfan, dechreuodd Mrs Evans alw o stafell wely Mam: 'Dwi'n meddwl eich bod chi wedi gwneud ffrog Alys ychydig bach yn dynn, Mrs Morgan. Prin mae hi'n gallu anadlu!'

Rholiodd Mam ei llygaid. 'O, mae'n ddrwg 'da fi, Mrs Evans. Peidiwch â phoeni – gallaf i lacio'r sêm ryw ychydig bach,' galwodd yn ôl.

'A dwi ddim yn siŵr a yw'r hem yn syth. Mae'n anodd dweud, a'ch gwely chi rhwng Alys a'r drych – ond mae'r hem fel petai'n codi yn y blaen,' cwynodd Mrs Evans.

'Achos bola mawr tew Alys mae hynny!' meddwn i o dan fy ngwynt.

'Owena!' meddai Mam – ond roedd hi bron â hollti ei bola eisiau chwerthin. I ffwrdd â hi ar frys a gadael Indeg a mi'n rhythu ar ein gilydd.

'Clapgi,' meddwn i.

'Roeddet tithau'n glapgi hefyd. Ac fe gostiodd y pensil llygaid yna bedair punt naw deg naw ceiniog.'

'Yna dwyt ti ddim yn gall, yn gwastraffu dy arian poced di fel yna.'

'Dy arian poced *di* fydd e! Rwyt ti'n mynd i brynu un newydd i mi.'

'Nac ydw, rwyt *ti*'n mynd i brynu pad braslunio newydd i fi, gan dy fod ti wedi difetha'r hen un. Nawr, cer o'r ffau. Does dim hawl gyda ti i fod yma – dwyt ti ddim yn gallu darllen?' meddwn i.

Ro'n i wedi gludio rhybudd clir iawn ar fy nrws.

HOLLOL BREIFAT.
FFAU WENA YW HON.
CADWCH DRAW, BAWB,
YN ENWEDIG
CHWIORYDD!

'Wel, mae wyneb gyda ti, o gofio mai *ti* aeth i mewn i fy stafell *i* i ddwyn fy mhensil llygaid i. Rwyt ti'n boendod, Wena. Trueni nad oes chwaer *go iawn* gyda fi. Pam mae'n rhaid i ti fod mor *rhyfedd* bob amser?'

Ac i ffwrdd ag Indeg am y gegin. Eisteddais a chnoi fy ewinedd, a meddwl am stori newydd anhygoel i Wena, lle mae hi'n mynd yn hollol ryfedd dros nos, gyda phigau drosti a dannedd enfawr – er mwyn gallu *cnoi* pobl yn well. Ond roeddwn i'n methu tynnu ei llun hi achos doedd gen i ddim byd i dynnu llun *ag e* – roedd Indeg wedi bachu ei phensil llygaid ac roedd popeth oedd gyda fi wedi dod i ben neu wedi ffrwydro. Roedd cornel fach yn llawn inc yn fy mag ysgol, yn enwedig y rhan lle roeddwn i wedi stwffio fy nillad ymarfer corff, ond doeddwn i ddim yn teimlo fel mynd i'w archwilio.

Newidiais i ddim o fy nghrys-T chwaith. Dillad ar ôl Indeg oedd gyda fi gan mwyaf, gyda lluniau pethau llipa pinc arnyn nhw, fel cwningod bach a chathod bach. Dwi'n *hoffi* cwningod a chathod, ond ddim ar luniau bach 'annwyl'. Byddwn i wedi dwlu ar gael anifail anwes go iawn, ond nid rhywbeth blewog o angenrheidrwydd. Byddai draenog wedi bod wir yn dda. Neu grwban môr allai fyw yn y bath. Neu hiena fyddai'n chwerthin ar fy jôcs i – er mae'n debyg y byddai'n rhaid i mi ei gadw mewn caets yn yr ardd. Dwi ddim yn siŵr y gallech chi gadw hiena yn y tŷ. Dychmygais e'n rhwygo defnydd sidan Mam yn ddarnau ac yn eistedd ar ben ffrog barti borffor Alys. Chwarddais fel hiena fy hunan wrth groesi'r landin.

'Owena!' sibrydodd Mam yn gas, wrth roi ei phen allan o'r drws.

Gwelais fam Alys y tu ôl iddi, yn syllu arna i'n graff, ac Alys ei hun yn ei nicers. Roedd bola mawr ganddi hefyd, *go iawn*.

'Wnei di *fihafio*? A newid y crys-T ofnadwy yna!' meddai Mam. Tynnodd hi'r wyneb yna sy'n golygu *Gwna fel dwi'n dweud yr eiliad yma neu byddi di mewn helynt!*

Gwisgais y crys-T cath fach amdanaf go chwith fel na allwn i weld y wyneb blewog,

annwyl a cherdded yn drwm i lawr y grisiau. Rhoddais fy nwylo dros fy ngheg achos roeddwn i bron â marw eisiau chwerthin fel hiena eto, ac yn gwybod na fyddai hynny'n syniad da.

Es i ddim i'r gegin, lle roedd Indeg yn jyglo pitsas ac yn gwneud sŵn gyda'r cyllyll a ffyrc, yn gosod hambyrddau ar gyfer swper ac yn esgus bod yn *chwaer fawr dda*. I mewn â mi i'r stafell ffrynt i weld beth roedd Dad yn ei wneud.

Nid y stafell ffrynt yw hi rhagor. Swyddfa asiantaeth deithio Dad yw hi erbyn hyn. Roedd siop asiantaeth deithio go iawn yn arfer bod gan Dad ar y stryd honno ar bwys siop y Co-op, ond roedd rhaid iddo roi'r gorau iddi achos roedd y rhent yn rhy ddrud a doedd e ddim yn gwneud digon o arian rhagor.

Felly agorodd swyddfa deithio yn ein stafell ffrynt ni yn lle hynny. Aethon ni i'r siop i gael silffoedd, ond doedd Dad ddim yn hoffi'r math oedd ganddyn nhw. Felly prynon ni ein MDF ein hunain, oedd yn fwy o hwyl o lawer. Dad oedd y Prif Saer a fi oedd y Cynorthwy-ydd Cyntaf wrth beintio'r darnau i gyd yn wyn. Roedd rhaid i ni wneud popeth yn yr ardd achos roedd Mam yn poeni y byddwn i'n bwrw'r paent dros bobman, ond chollais i ddim diferyn! Pan oedden nhw'n sych, helpais Dad i osod y silffoedd i gyd yn eu lle – ac roedden nhw'n edrych yn wych.

Rhoddodd Indeg help i Dad i arddangos y llyfrau a'r taflenni teithio ar ein silffoedd newydd hardd ni. Fframiodd Mam y posteri

o fynyddoedd a llynnoedd a thraethau tywod gwyn a'u hongian nhw ar y waliau. Gosododd Dad ei gyfrifiadur ar y ddesg, a dyna lle roedd e, yn barod am y llif o gwsmeriaid. Ond ddaeth neb. Wel, daeth *rhai* cleientiaid – hen, hen rai oedd yn methu defnyddio cyfrifiadur i drefnu eu gwyliau eu hunain. Trefnodd Dad benwythnos ym Mharis fan hyn, deng niwrnod yn Tenerife fan draw, ond fel arfer byddai'n eistedd ar ei ben ei hun, yn edrych drwy'r holl gynigion gwyliau gwych ar ei sgrin. Weithiau byddai'n diffodd y cyfrifiadur ac yn syllu ar y mynyddoedd a'r llynnoedd a'r traethau ar y waliau.

Doedd dim digon o arian gyda ni i fynd ar ein gwyliau ein hunain, er bod Dad yn gwneud ei orau glas i gefnogi'r teulu a bod yn llwyddiannus. Y cyfan oedd gyda ni oedd arian Mam o'i gwaith yn gwnïo ac fel ysgrifenyddes ysgol. Ein hysgrifenyddes ysgol *ni*. Roedd cael dy anfon i'r swyddfa gyda'r gofrestr a gweld dy fam dy hun y tu ôl i'r ddesg braidd yn rhyfedd. Roedden ni i fod i'w galw hi'n Mrs Morgan yno, ond doeddwn i ddim yn cofio bob amser.

'Heia, Dad,' meddwn i.

'Heia, Wena,' meddai, ac ochneidio.

Sefais yn syth o'i flaen a goglais ei ben.

Ochneidiodd eto, ond estynnodd a goglais fy mhen *i*.

'Heia, Gwrlyn,' meddwn i wrth Dad.

'Heia, Gwrlen,' meddai Dad wrtha i.

Dyna ein defod fach ni, i ddangos ein bod ni'n ffrindiau. Mae gan Dad wallt cyrliog golau, er bod ei wallt yn cael ei dorri'n fyr iawn. Byddwn i wrth fy modd yn cael torri fy ngwallt *i*'n fyr ond dydy Mam ddim yn gadael i mi. Mae'n rhaid i mi ei adael yn rhydd hyd at fy ysgwyddau gartref ac mewn plethau bach ofnadwy yn yr ysgol. Mae fy ngwallt cyrliog yn fy ngwylltio i – ond dwi'n hoffi fy mod i fel Dad.

Mae gan Indeg wallt brown syth iawn. Dydy hi byth yn *dweud*, ond dwi'n credu y byddai hi wrth ei bodd yn cael gwallt cyrliog golau fel fi. Ond paid â meddwl fy mod i'n *bert*, serch hynny! Mae gen i drwyn smwt a gên bigog, ac mae brychni'n dod dros fy wyneb i gyd yn yr haf.

Tynnais wyneb doniol nawr er mwyn ceisio gwneud i Dad chwerthin, oherwydd roedd e'n edrych yn drist iawn. Rhoddodd chwerthiniad bach cwrtais, ond doedd e ddim yn chwerthiniad go iawn.

'Hei, wyt ti eisiau fy nghlywed i'n chwerthin fel hiena?' meddwn i, a dechrau gwneud.

'O, help, help, mae ofn arna i!' meddai Dad, ac esgus bod yn fach. 'Mae hen hiena mawr cas yn y stafell ac mae e'n dod ar fy ôl i!'

'Mae'r hen hiena mawr cas mewn tipyn o helynt, Dad,' meddwn i. 'Buodd e'n sgriblan gyda phensil llygaid ei chwaer, ac yna'n ymladd, ac roedd ei fam yn grac achos bod Alys Evans dew a'i mam yn eich stafell wely chi.'

'O'r nefoedd, fe anghofiais i eu bod nhw'n dod. Dwi'n meddwl efallai fy mod i wedi gadael y gwely'n anniben ar ôl cysgu am dipyn ar ôl cinio,' meddai Dad. Roedd e'n cysgu'n aml nawr oherwydd bod dim byd arall ganddo i'w wneud. 'Gadewais i fy mhyjamas yn bentwr ar y llawr, siŵr o fod. Dwi innau mewn tipyn o helynt hefyd, felly.'

'Byddai hi'n dda gen i petai Mam ddim yn cwyno cymaint drwy'r amser,' meddwn i.

'Dere nawr, yr unig reswm mae Mam yn mynd yn grac yw oherwydd ein bod ni'n dau mor segur a hithau'n gweithio'n galed iawn, iawn,' meddai Dad.

'*Dwi wedi* bod yn gweithio'n galed iawn, iawn, Dad. Gwnes i dair tudalen gyfan o luniau

Wena, ond daeth *rhywun* draw a'u rhwygo nhw'n ddarnau mân.'

'Fy Wena *i* wyt ti,' meddai Dad, a'm tynnu ar ei ben-glin i roi cwtsh i mi.

Cwtsiais gyda fy ngên ar ei ysgwydd, a syllu ar y posteri ar y wal. Byddai Wena Wych yn cerdded yr holl ffordd i gopa'r mynydd yna cyn pen munud neu ddwy, byddai hi'n nofio ar draws y llyn fel petai'n bwll hwyaid, ac yna byddai hi'n gorwedd ar y traeth gwyn a gadael i dîm cyfan o blant bach geisio ei chladdu yn y tywod. Ar yr union eiliad y bydden nhw'n meddwl ei bod nhw wedi'i dal hi, fel bod rhaid iddi aros heb symud fel delw am byth, byddai hi'n chwerthin ac yn neidio ar ei thraed ac yn gwneud iddyn nhw dasgu i bob cyfeiriad wrth iddi gamu'n fras yn ei hesgidiau Converse enfawr.

Cefais wahoddiad i barti Alys!
Doeddwn i ddim ddim ddim
eisiau mynd. Allwn i ddim
dioddef Alys a doedd hi ddim
yn gallu fy nioddef i, ond achos
bod fy mam wedi gwneud ei
ffrog, cefais i wahoddiad.

'Dwi ddim yn mynd!'
meddwn i wrth Mam.

'O wyt, 'merch fach i,'
meddai Mam yn bendant.

'Mam, dwi wir wir yn casáu
partïon merched.'

'Paid â bod yn ddwl, Owena,'
dwrdiodd Mam.

'All Indeg ddim mynd yn fy lle i?'

'Dy ffrind *di* yw Alys, y dwpsen.'

'Nage ddim! Mae hi yn fy nosbarth yn yr ysgol, dyna i gyd. A dwi'n ei chasáu hi.'

'Dwyt ti ddim yn ei *chasáu* hi, efallai nad wyt ti'n ei hoffi hi ryw lawer, dyna i gyd,' meddai Mam.

'Yn union, felly pam dylwn i fynd i'w pharti hi os nad ydw i'n ei hoffi hi ryw lawer. O gwbl,' meddwn i.

'Achos . . . dwi ddim eisiau i Mrs Evans weld o chwith,' meddai Mam.

'Pam nad wyt ti'n poeni fy mod *i*'n gweld o chwith?' meddwn i, a cherdded yn bwdlyd i Ffau Wena.

Gwthiais i mewn o dan fy ngwelyau bync i'r ffau dywyll, lychlyd. Roedd Derfel y Draenog yn cuddio yno hefyd. Pigodd fi, ond cafodd faddeuant. Rhedais fy mys dros ei drwyn a bwydo pelenni bach o lwch iddo, a gwingodd yntau'n ddiolchgar. Dywedodd nad oedd byth eisiau troi'n ôl yn frws gwallt a hanner tedi – diolch byth, achos roedd e'n eithaf brwnt erbyn hyn. A minnau hefyd, ond doedd dim ots gen i.

Roeddwn i'n dwlu ar fy ngwelyau bync. Roeddwn i wedi swnian am eu cael nhw am flynyddoedd nes i Mam a Dad ildio yn y diwedd a'u prynu nhw i mi ar fy mhen-blwydd, pan oedd llawer mwy o arian gyda ni.

Doeddwn i ddim yn eu rhannu nhw ag Indeg, wrth gwrs. Roedd ganddi hi ei gwely diflas ei hun yn ei stafell wely binc fel candi-fflos. Roeddwn i'n rhannu â phob *math* o ffrindiau, er fy mod i'n gwneud yn siŵr mai fi oedd â'r bync uchaf bob amser. Doeddwn i ddim yn rhannu ag unrhyw *berson*, er fy mod i'n bwriadu gwahodd Aneira, fy ffrind newydd, i aros dros nos. Roedd hi newydd ddechrau yn fy ysgol i ac roeddwn i'n ei hoffi hi'n fawr. Yn y cyfamser, roeddwn i'n rhannu gyda fy anifeiliaid i gyd.

Fy hoff anifail o'r cyfan (peidiwch â dweud wrth y lleill, cofiwch) yw Marian y Morfil. Roedd hi ar orchudd cwilt welais i mewn ffair sborion yn yr ysgol. Roedd Mam yn gwrthod ei phrynu i mi oherwydd na fyddai porffor a glaswyrdd yn mynd gyda chynllun coch fy stafell – a dywedodd ei bod hi'n salw beth bynnag. Felly prynais *i* Marian gyda fy arian poced fy hun. Roedd Mam yn gwneud iddi guddio o dan fy nghwilt coch a gwyn yn ystod y dydd, ond gyda'r nos byddwn i'n gorwedd ar Marian a bydden ni'n nofio i waelod y cefnfor, ac yna'n nofio i fyny eto ac yn tasgu pistyll o ddŵr i'r heulwen.

Hefyd roedd gen i Neidiwr, fy nghi Dalmataidd mawr du a gwyn. Enillodd Dad ef i mi mewn ffair. Doedd Neidiwr ddim yn dda am orwedd yn gysurus. Roedd ei goesau'n hollol syth, ac roedd e'n gwrthod cwtsio. Ond roedd e'n gi gwarchod da iawn i Ffau Wena.

Hefyd roedd gen i Nerys y neidr. Fi wnaeth hi allan o hen deits Mam a gwnïais wyneb ffyrnig yn un pen. Yna roedd Poli'r parot – roedd hi o gardfwrdd, ond roedd hi'n lliwgar iawn ac yn wych am hedfan. Roedd gen i lond stabl bocs esgidiau o geffylau plastig hefyd, felly roedd y bync gwaelod dan ei sang.

27

Weithiau byddwn i'n gwneud i'r anifeiliaid i gyd symud draw fel bod Wena Wych ei hun yn gallu cysgu yn y bync gwaelod. Roedd rhaid iddi grebachu ei grymoedd er mwyn gwasgu ei hun yn faint addas. Hyd yn oed wedyn roedd ei dwylo a'i thraed yn gwthio allan i'r stafell ychydig, ond doedd dim taten o ots am hynny. Roedd hi wrth ei bodd yn gorweddian ar fy ngwely bync ac yn dweud wrtha i am yr holl fannau cyffrous roedd hi wedi ymweld â nhw. Weithiau, pan na allwn i gysgu, byddai hi'n fy nghodi ar ei hysgwyddau fel byddai Dad yn arfer fy nghario pan oeddwn i'n fach, a bydden ni'n agor ffenest fy stafell wely ac yn hedfan allan i'r nos gyda'n gilydd ar antur fawr.

Doeddwn i ddim yn teimlo fel antur nawr, wrth guddio o dan fy ngwelyau bync yn y llwch. Penderfynais y byddwn i'n aros yno tan y diwrnod *ar ôl* parti Alys. Ond roedd hi bron yn amser swper ac roedd Dad bob amser yn

mynd i nôl pysgod a sglodion ar nos Wener. Clywais y drws ffrynt yn agor ac yn cau ac yna aroglais arogl sglodion hyfryd, ac roedd rhaid i mi ddod o'r ffau.

Rhuthrais i lawr y grisiau heb feddwl. Cydiodd Mam ynof i a

cherdded yr holl ffordd yn ôl gyda fi, dim ond oherwydd bod llwch llwyd o'm corun i'm sawdl. Hyd yn oed yn fy ngwallt, a dweud y gwir. Roedd yn edrych braidd yn rhyfedd, fel y dynion yna sy'n peintio eu hunain yn arian ac yna'n sefyll fel delwau yn y ganolfan siopa ar ddydd Sadwrn. Meddyliais tybed a allwn i drio sefyll fel delw, achos mae  pobl yn rhoi llawer o arian iddyn nhw. Sefais yn stond yn y stafell ymolchi am dipyn go lew, yn ymarfer. Erbyn i mi ymolchi a brwsio'r llwch o'm gwallt roedd y pysgod a'r sglodion bron yn oer.

'Arswyd y byd, pwy wyt ti?' gofynnodd Dad wrth i mi gerdded i mewn i'r stafell fyw. 'Nawr gadewch i mi feddwl . . . On'd oedd merch arall gyda ni heblaw am Indeg? Amser maith, maith yn ôl. Beth oedd ei henw hi? Olwen? Onwen?'

'Fi *Wena* sy 'ma. Dad, paid â bod yn ddwl,' meddwn, gan ddechrau bwyta fy sglodion. Ysgydwais lawer o saws tomato drostyn nhw. Coch yw fy hoff liw.

'Paid, Owena, rwyt ti wedi defnyddio hanner y botel!' meddai Mam. 'Wyt ti wedi rhoi'r gorau i bwdu nawr?'

'Byddai unrhyw un yn pwdu petaen nhw'n cael gwybod bod rhaid iddyn nhw fynd i barti Alys,' meddwn i. Doeddwn i ddim yn hoffi'r ffordd roedd Mam yn syllu arna i, ei llygaid yn fach, a'i phen yn symud o'r naill ochr i'r llall.

Hanner ffordd drwy swper aeth hi i nôl ei thâp mesur a dechrau fy mesur i!

'Pam rwyt ti'n gwneud hynna? Paid!' meddwn i.

'Aros yn llonydd!' meddai Mam, a symud y tâp o gwmpas.

'Dwyt ti ddim yn mynd i wnïo rhywbeth i mi, wyt ti?' gofynnais, a'm llais yn gryg gan ofn. 'O, Mam, nid *ffrog* yw hi, gobeithio?'

'Dwi eisiau i ti edrych yn hyfryd yn y parti,' meddai Mam.

'Ond, *Mam* – nid ffrog! Allaf i ddim gwisgo ffrog. Does *neb* yn gwisgo ffrogiau i bartïon y dyddiau hyn.'

'Mae Alys yn gwneud.'

'Ydy, wel, mae Alys mor anobeithiol efallai y bydd hi. Ond does neb arall yn gwneud, wir i ti. Mae pawb yn gwisgo dillad arferol – jîns a thopiau, efallai sgertiau weithiau, ond byth ffrogiau. *Dwed* wrthi, Indeg. Fyddet ti hyd yn oed ddim yn gwisgo ffrog i barti, fyddet ti?'

Cnôdd Indeg un o'r sglodion yn ofalus, a'i llygaid yn disgleirio. 'Dwi'n meddwl ei fod e'n syniad hyfryd, Mam. Mae angen ffrog barti go iawn ar Wena – ffrog sy'n ffriliau i gyd gyda smocwaith a brodwaith – ffrog barti *binc*,' meddai.

'Paid!' udais, bron â llefain.

Dyna'r peth gwaethaf am fy chwaer. Fydd hi byth yn colli cyfle i'm gwylltio i.

'Hei, hei, gan bwyll, Gwrlen. Dim ond tynnu coes mae Indeg,' meddai Dad, gan roi ei fraich amdanaf. Edrychodd ar Mam. 'Tynnu coes rwyt tithau hefyd, yntê, Bethan?'

'Nage, wir! Paid â gwneud cymaint o ffws, Owena. Dwi'n gwybod nad wyt ti'n hoffi pinc, er y byddai'r lliw wir yn gweddu i ti. Ond dwi'n meddwl mai glas gawn ni – glas hyfryd. Dwi wedi gweld defnydd arbennig fel sidan yn y farchnad.'

Cwynais mewn anobaith a dechrau bwrw fy mhen ar y bwrdd.

'Owena! Paid â gwneud môr a mynydd o'r peth. Byddai unrhyw ferch fach arall wrth ei bodd yn cael ffrog barti hyfryd. Byddet *ti*, oni fyddet ti, Indeg?'

'Wel . . .' Roeddwn i'n edrych mor ddiflas fel bod fy chwaer hyd yn oed wedi teimlo trueni drosof i. 'A dweud y gwir, Mam, mae Wena'n iawn – does neb yn gwisgo'r math yna o ffrog bert i bartïon nawr. Mae'r ffrog wnest ti i Alys yn hyfryd, ond mae hi'n fwy tebyg i ffrog morwyn briodas. Mae hi'n mynd i edrych braidd yn rhyfedd os bydd hi'n ei gwisgo hi i barti. Ac mae Wena'n mynd i edrych hyd yn oed yn fwy rhyfedd, cred ti fi.'

'Parti *dawnsio* yw e. Mae e'n cael ei gynnal yn ysgol ddawnsio Alys. Soniodd mam Alys wrtha i am y cyfan.'

'*Dawnsio!* O, fydd dim dawnsio, fydd e?' meddwn i, wedi cael mwy o ofn. 'Dim dawnsio ar flaenau eich traed, dawnsio prancio bale? *Allaf* i ddim mynd, Mam.'

Edrychais ar Dad. 'Dad, plîs, does dim rhaid i mi fynd, oes e? Dychmyga sut byddet ti'n teimlo petai'n rhaid i *ti* wisgo ffrog ddwl a dawnsio bale.'

'Gad lonydd i'r ferch, Bethan,' meddai Dad. 'Rwyt ti'n gwybod sut un yw Wena. Efallai y byddai'r merched bach eraill wrth eu boddau, ond bydd e'n artaith iddi hi.'

'Dwi'n credu y bydd hi'n siŵr o fwynhau ar ôl cyrraedd. A fydd dim rhaid iddi *hi* ddawnsio o gwbl – er, trueni na fyddai hi'n gwneud. Byddai dawnsio'n gwneud cymaint o les iddi – yn ei gwneud hi'n fwy gosgeiddig, yn lle ei bod hi'n cerdded o gwmpas yn drwm yn yr hen esgidiau Converse ofnadwy yna. O! Yn amlwg, bydd rhaid i ni gael pâr go iawn o esgidiau i'r parti, oni bai y gall dy esgidiau ysgol di wneud y tro. Na fyddan – byddan nhw'n difetha'r cyfan.'

'O, Mam, os yw Wena'n cael esgidiau newydd, gaf i rai hefyd? Hoffwn i gael rhai â sodlau, dim ond rhai bach. Mae gan bob un o'r merched eraill yn fy nosbarth esgidiau â sodlau uchel iawn. Fi yw'r unig un sydd ag esgidiau mor fflat â chrempogen,' meddai Indeg.

'Paid â dechrau, Indeg. Dwyt ti ddim yn gwisgo sodlau uchel dy oedran di. Maen nhw'n wael iawn i draed sy'n tyfu. Beth bynnag, allwn ni ddim fforddio i ti gael pâr arall o esgidiau. Dim ond newydd brynu'r hen fŵts blewog yna rydw i – roeddet ti ar dân eisiau'r rheini hefyd.'

'Bŵts *gaeaf* ydyn nhw. A dydy hi ddim yn deg – pam dylai Owena gael esgidiau newydd pan nad yw hi eisiau cael rhai, yn enwedig os wyt ti'n dweud nad wyt ti'n gallu fforddio prynu rhai

i mi,' meddai Indeg, gan daflu ei chyllell a'i fforc i lawr.

'Dewch nawr, ferched!' meddai Dad. 'Gadewch i ni gyd fwynhau ein pysgod a'n sglodion a rhoi'r gorau i'r holl gecru yma. Bethan, er nad yw e'n fusnes i mi, dwi ddim yn cytuno â ti. Dydy Wena ddim eisiau mynd i barti, felly does dim synnwyr mewn gwneud iddi fynd. Wedyn fydd dim angen ffrog *nag* esgidiau newydd, felly beth am ddefnyddio'r arian y byddet ti'n ei wario arnyn nhw i roi esgidiau â sodlau i Indeg – sodlau *bach*. Syml.'

'O, Dad, ie!' meddai Indeg a minnau'n llawen.

'Dydy e ddim yn syml,' meddai Mam. Edrychodd ar Indeg a mi. 'Mae'n ddrwg gen i, ferched. Mae arna i *angen* i Owena fynd i'r parti.'

'Pam? Dim ond achos nad wyt ti eisiau i Alwen Evans a'i merch dew druan weld o chwith?' meddai Dad.

'Mae arnaf i angen rhywun sy'n edrych yn bert yn y parti yna,' meddai Mam. 'Dwi wedi gwneud fy ngorau gyda ffrog Alys, ond dydy hi ddim yn gweddu iddi, druan fach. Ond os wnaf i ffrog fach i Owena a'i thacluso hi rywfaint *a'i* chadw hi'n lân, bydd hi'n hysbyseb dda i mi.'

'Dwi ddim eisiau!' protestiais yn chwerw.

'Bydd hi fel model fach i mi, ry'ch chi'n gweld. Efallai bydd rhai o'r mamau eraill eisiau i'w merched *nhw* gael ffrog barti debyg. Byddai hynny'n dda iawn i'r busnes gwnïo,' meddai Mam.

'Ond – does dim busnes go iawn *gyda ti*,' meddai Dad.

'Ddim eto – ond hoffwn i gael un,' eglurodd Mam. Oedodd. 'A byddai'n dipyn o help.'

Roedd ei llais hi'n addfwyn iawn wrth ddweud hynny, ond gwridodd Dad ac edrych yn ddiflas. Roedd Mam yn dweud nad oedd e'n ennill unrhyw arian o'i fusnes *e*. Nid fe oedd ar fai, roedd wedi bod yn gwneud ei orau glas i lwyddo. Allwn i ddim dioddef pan fyddai ei wyneb yn edrych yn ddiflas fel 'na. Doedd neb yn gallu.

'Dwi'n meddwl bod y pysgod a'r sglodion yma wedi oeri,' meddai Mam yn sydyn. 'Beth am eu gadael nhw ac fe wnaf i grempog i bawb yn lle hynny?'

Rydyn ni i gyd yn dwlu ar grempog Mam, oherwydd fydd hi ddim yn eu gwneud nhw'n aml iawn achos mae hi'n rhy flinedig ac yn rhy brysur. Roedd yr awgrym yn un clyfar achos cododd calon pob un ohonon ni. Ces i jam mefus ac eirin gwlanog wedi'u sleisio a darnau o gnau a hufen. Yna cawson ni i gyd ail grempogen!

'Gaf i *drydedd* grempogen, tybed, Mam?' gofynnais ar ôl clirio fy mhlât ddwywaith. Roeddwn i wedi gorfod agor botwm fy jîns, a doeddwn i ddim yn gallu symud yn iawn, ond roedd hi'n werth gofyn, rhag ofn.

'Dwyt ti ddim eisiau edrych fel Alys, wyt ti?' meddai Mam, a chaeais fy ngheg yn glep.

Roeddwn i'n gobeithio, rywsut neu'i gilydd, y byddai Mam yn anghofio am y ffrog ofnadwy yna ar gyfer parti Alys. Eisteddais yn y gwely'r noson honno'n tynnu lluniau Wena Wych yn hofran dros y dref, yn saethu *tat-tat-tat* â'i bys. Roedd pob un o'r bobl yn y stryd ac yn eu ceir ac wrth ffenestri eu tai yn edrych yn syn ac yn gegrwth oherwydd bod Wena wedi dileu eu cof ac allen nhw ddim cofio dim byd.

Ond doedd Wena ddim yn gallu dileu cof fy mam. Dechreuodd hi ar y ffrog ofnadwy'r diwrnod wedyn – a phrynu sliperi sidanaidd glas twp i mi.

'Mam! Maen nhw fel esgidiau bale!' cwynais.

'Byddan nhw'n edrych yn wych gyda'r sidan glas. Roedden nhw'n rhad yn y farchnad. Ces i bâr newydd o sanau gwyn i ti hefyd – *a* phâr newydd o nicers rhag ofn i ti neidio o gwmpas a chodi cywilydd arna i. Mae dy ddillad isaf di i gyd yn *llwyd*!'

Aeth fy wyneb innau'n llwyd hefyd wrth feddwl am y parti ych a fi yma. Roedd Alys yn sôn amdano'n ddiddiwedd yn yr ysgol. Roddodd Alys ddim gwahoddiad i Aneira, fy ffrind arbennig, drwy lwc iddi hi. Ond *rhoddodd* hi wahoddiad i Beca a Nia, y merched gwaethaf yn y dosbarth. Y merched sy'n pigo arnaf i. Maen nhw'n sibrwd pethau cas amdanaf i ac yn fy ngalw i'n 'Rhyfedd'. Dydw i ddim yn hidio taten – dwi'n gallu gofalu amdanaf i fy hun. Petawn i eisiau, gallwn i roi triniaeth Wena iddyn nhw. Wedi dweud hynny, dydw i ddim eisiau mynd i *barti* gyda nhw. Yn enwedig os ydw i'n gwisgo ffrog las sy'n ffriliau i gyd.

Pan ddaeth bore dydd Sadwrn, cuddiais o dan fy nghwilt coch a gwyn *a* Marian y Morfil. Pan oeddwn i'n chwilboeth, sgriblais greon coch dros fy mochau. Yna cerddais draw i stafell wely Mam a Dad.

'Mam! Dad! Dwi ddim yn teimlo'n dda iawn,' crawciais mewn llais trist.

'Rho'r gorau i actio, Owena,' meddai Mam, heb agor ei llygaid hyd yn oed.

'Dwi *ddim* yn actio, dwi'n dost – *edrych*, dwi'n boeth fel tân.'

Agorodd Mam un llygad ac ochneidio. 'Beth yn y byd rwyt ti wedi'i *wneud*? Mae hi'n mynd i gymryd oriau i rwbio'r stwff coch yna oddi ar dy wyneb di.'

'Nid stwff coch yw e. Fi yw e! Mae gwres

ofnadwy arnaf i. Teimla fy nhalcen i. Ac eto dwi'n crynu hefyd – wyt ti'n gweld?' meddwn i, gan grynu'n druenus.

'Dere draw fan hyn i gael cwtsh cyn i ti gwympo i'r llawr,' meddai Dad, gan estyn braich.

Llithrais i mewn i'r gwely rhyngddyn nhw, er i Mam fynnu fy mod i'n gorwedd ar fy nghefn fel na fyddai fy mochau'n rhwbio ar eu gobenyddion nhw.

'Dwyt ti wir ddim eisiau mynd i'r hen barti yma, wyt ti, Gwrlen?' meddai Dad, gan roi ei law ar fy mhen.

'Bydd e'n artaith o'r dechrau i'r diwedd,' cyhoeddais yn ddramatig, a gwneud iddo chwerthin. '*Yn enwedig* os oes rhaid i mi wisgo'r peth glas ofnadwy yna,' ychwanegais.

'Hei, hei, does dim angen bod yn hy nawr. Mae dy fam wedi treulio oesoedd yn gwneud y ffrog yna, yn gwnïo nes bod ei dwylo hi'n boenus,' meddai Dad.

'Ofynnais i ddim iddi,' meddwn i.

'Dwi'n edrych ymlaen at dy weld di yn y ffrog,' meddai Dad.

'Er mwyn i ti chwerthin llond dy fol,' cwynais o dan fy ngwynt.

'Ti fydd yn chwerthin, Owena, achos rwyt ti'n mynd i edrych yn hyfryd,' meddai Mam. 'Nawr, os wyt ti'n aros yn y gwely yma, paid â gwingo a cheisia gadw'n dawel tra byddwn ni i gyd yn cysgu am ychydig.'

Gwisgais fy nghrys-T POW! a jîns cyfforddus ac esgidiau tartan Converse drwy'r bore, ond yn syth ar ôl cinio roedd rhaid i mi fynd i gael bath, er mwyn popeth. Yna roedd rhaid sefyll gan edrych yn ddwl yn fy nicers a sanau newydd a'r hen sliperi sidanaidd bach twp wrth i Mam frwsio fy ngwallt nes ei fod yn teimlo bod gen i olion pigau'r brwsh ar fy mhen. Roedd hi eisiau rhoi rhuban glas yn fy ngwallt hefyd, ond diolch byth, roedd fy nghwrls i'n bownsio cymaint, roedd e'n cwympo allan o hyd. Felly rhoddodd hi'r gorau i'r syniad yna.

Roedd y ffrog las yn teimlo'n llithrig iawn wrth i Mam ei thynnu dros fy mhen. Efallai y byddai'r ffrog yn cwympo oddi arnaf i hefyd. Ond arhosodd hi yn ei lle, gan gydio'n dynn am fy ngwasg.

'Mae hi'n ffitio'n berffaith,' meddai Mam.

Roedd hi'n sibrwd ac yn cerdded fel petawn

i'n gerflun mewn amgueddfa. Roedd ei llygaid hi'n disgleirio.

'O, Owena!' meddai. 'Rwyt ti wir yn edrych yn hyfryd, cariad. Edrych!' Cydiodd yn dyner yn fy ysgwyddau sidan glas a mynd â fi o flaen y drych.

Roeddwn i'n edrych yn *ofnadwy*. Doeddwn i ddim yn edrych fel fi rhagor. Roeddwn i wedi troi'n ferch hynod ferchetaidd yn y ffrog ddwlaf, yn llawn ffrils i gyd. Roeddwn i'n edrych fel y ddoli yn stafell ymolchi Mam-gu sy'n cadw rholyn sbâr o bapur toiled o dan ei sgert.

'Allaf i ddim mynd a minnau'n edrych fel hyn! Byddan nhw i gyd yn chwerthin am fy mhen i,' meddwn i.

'Rwyt ti'n dipyn o dreth ar amynedd rhywun, Owena, wyt wir. Gallet ti o leiaf ddweud "Diolch, Mam." Byddai unrhyw ferch arall wedi dwlu ar gael ffrog fel hyn. Aros tan i Indeg dy weld di. Indeg! Indeg, dere i edrych ar Owena.'

Rhuthrodd Indeg i mewn i stafell Mam a Dad. Cafodd un cip arna i – a dechrau pwffian chwerthin.

'Rwyt ti'n gweld!' meddwn i, bron yn fy nagrau.

'Indeg, paid! Mae Owena'n edrych yn wych, on'd yw hi?' meddai Mam.

Cwympodd Indeg ar y gwely a rholio arno, gan chwerthin llond ei bol.

'Bydd ddistaw! Dwi'n dy gasáu di!' meddwn i'n ffyrnig.

'Wnei di roi'r gorau i'r chwerthin dwl yna ar unwaith, Indeg? Beth yn y byd sy'n bod arnat ti?' meddai Mam. 'Ac Owena, dwi wedi dweud wrthot ti o'r blaen, dwyt ti ddim yn *casáu* neb, yn enwedig ddim dy chwaer.'

'Ydw, dwi yn!' meddwn i'n dawel wrth Indeg, a oedd yn dal i chwerthin.

'Awn ni i ddangos i Dad. Rwy'n siŵr y bydd e'n dweud dy fod ti'n edrych yn hyfryd,' meddai Mam.

Roedd Dad yn brysur gyda dau gleient – dwy hen fenyw oedd eisiau mynd ar daith fysiau. Roedd Mam yn dweud bob amser fod rhaid gadael llonydd i Dad pan oedd e'n gweithio, ond y tro hwn dyma hi'n fy arwain i'n syth lawr llawr ac i mewn i'w swyddfa.

'Edrych ar Owena, Arwel,' meddai, gan fy ngwthio drwy'r drws.

Edrychodd Dad. Yna cododd ei ddwylo a'u rhoi dros ei lygaid.

'Dad?'

'Dwi'n cael fy nallu gan dy harddwch, Wena!'

'O, *Dad*!'

'Wel, am dywysoges fach!' meddai un o'r hen fenywod.

'Am ffrog hardd! Welwch chi ddim merched yn gwisgo ffrogiau go iawn y dyddiau hyn. O, mae hi'n edrych fel pictiwr,' meddai'r llall.

'Dyna ti!' meddai Mam yn fuddugoliaethus. 'Nawr, dere, Owena, i ni gael gyrru i'r ysgol ddawnsio.'

Arweiniodd hi fi i mewn i'r car ac i ffwrdd â ni.

'Os cei di ddamwain, Mam, fydd dim angen i mi fynd,' meddwn i o dan fy ngwynt.

'Paid! A phaid ag agor y ffenest yna, fe aiff dy wallt di'n wyllt.'

'Ond dwi'n teimlo'n sâl, Mam. Dwi'n meddwl fy mod i wir yn mynd i fynd yn sâl.' Gwnes synau chwydu bach.

'Owena Morgan, dwi ddim wedi rhoi clipsen i ti erioed, ond os byddi di'n mynd yn sâl yn fwriadol dros dy ffrog newydd hardd, byddaf i'n dy roi di dros fy mhen-glin ac yn rhoi clipsen  i ti. Nawr, er mwyn popeth, rho'r gorau i actio. A thynna dy law dros dy sgert, rwyt ti'n gwneud iddi grychu.'

Gyrrodd Mam yn ofnadwy o ofalus, a chyrhaeddon ni ysgol ddawnsio Alys yn ddiogel. Roedd ceir wedi'u parcio ar hyd dwy ochr y ffordd, a heidiau o ferched yn cerdded i'r parti.

Roeddwn i wir yn teimlo chwydu'n corddi yn fy stumog. Roedden nhw i gyd yn gwisgo'r math o ddillad y mae Indeg yn eu hoffi: crysau-T cŵn bach a chathod bach a chwningod bach, topiau pefriog gyda chalonnau, sgertiau bach tyn neu rai hir gyda ryfflau, jîns pinc, jîns gwyn – ond dim ffrogiau, dim un ffrog yn unman.

'Mam!' meddwn, gan suddo'n is yn fy sedd yn y car. 'Mam, edrych arnyn nhw! Allaf i *ddim* mynd i'r parti, ddim yn gwisgo'r ffrog yma. Byddan nhw i gyd yn chwerthin am fy mhen i.'

'Rwyt ti'n *mynd* i'r parti, a dyna ben arni,' meddai Mam, gan fy llusgo allan o'r car, bron.

Roeddwn i'n gwybod nad oeddwn i'n cael casáu neb, ond roeddwn i'n casáu Mam yr eiliad honno. Ac roeddwn i'n casáu'r holl ferched yna, oedd yn syllu'n gegrwth arnaf i wrth i Mam fy arwain i mewn i'r neuadd ddawnsio. Roeddwn i'n casáu Beca a Nia yn fwy na neb. Roedd Beca'n gwisgo top pinc llachar a jîns o'r un lliw, ac yn dangos tipyn o'i bol, ac roedd Nia'n gwisgo top pefriog fel fest a sgert dynn. Cawson nhw un cip arnaf i a dechrau torri *eu boliau*'n chwerthin. Teimlais fy wyneb yn gwrido mor binc â dillad Beca.

Roeddwn i'n barod i redeg i ffwrdd, ond daliodd Mam fi'n dynn, a'm llusgo i, fwy neu lai, i ben draw'r neuadd. Roedd Mrs Evans yn sefyll wrth ymyl menyw denau a'i gwallt mewn rholyn ar ei phen. Miss Suzanne oedd hi, y fenyw oedd yn berchen ar yr ysgol ddawnsio. A dyna lle roedd Alys, yr un oedd yn dathlu ei phen-blwydd!

Roedd gweld Alys yn prancio o gwmpas yn ei ffrog borffor yn rhoi rhyw gysur rhyfedd i mi, achos ei bod hi'n edrych mor ddwl â fi –

efallai hyd yn oed yn fwy felly. Roedd ei llewys yn torri i mewn i'w breichiau tew ac roedd ei sgert yn codi yn y blaen. Roedd hi'n gwisgo teits les rhyfedd, felly roedd hi'n edrych fel petai rhwymau ganddi dros ei choesau, ac roedd ganddi esgidiau porffor a secwins arnyn nhw, gyda sodlau. Dim ond sodlau bach iawn oedden nhw, ond roedd hi'n simsanu wrth gerdded ac roedd hi'n gwthio ei phen-ôl allan. Roedd ei gwallt yn edrych fel gwallt menyw mewn oed, fel helmed. Roedd hi'n gwisgo *colur* hefyd – rhyw stwff pinc llachar ar ei gwefusau a chysgod porffor fel cleisiau ar ei hamrannau.

Syllais arni. Rhoddodd Mam bwt i mi.

'Pen-blwydd hapus, Alys,' meddwn i, a rhoi anrheg iddi.

Roeddwn i'n gwybod beth oedd yr anrheg: tun enfawr o beniau ffelt gyda lliwiau llachar arbennig fel melyn pigog a gwyrdd miniog ac oren poeth. Byddwn i wedi bod wrth fy modd yn cael set o beniau ffelt fel yna. Gallwn gynllunio llwyth o wisgoedd i Wena a byddai hi'n gallu trechu hienas melyn mewn jyngl gwyrdd wrth

i'r haul oren fachlud yn y cefndir. Feddyliodd
Alys ddim am un o'r pethau hyn. Rhwygodd
hi'r papur lapio arian, cael cip ar y tun, ac yna
ei roi gyda phentwr o anrhegion
eraill ar fwrdd. Aeth hi ddim i'r
drafferth o agor y tun, hyd
yn oed!

'Peniau ffelt lliwgar
arbennig ydyn nhw,'
meddwn i.

'Diolch,' meddai Alys a throi oddi wrtha i
ac edrych ar anrheg Beca. Set sgrifennu oedd
hi – llyfr nodiadau bach a beiro a phensiliau.
Roeddwn i'n gwybod yn iawn mai anrheg am
ddim ar gomig i ferched oedden nhw, ond aeth
Alys dros ben llestri.

'O, Beca! Maen nhw mor hyfryd!
O, rwyt ti mor garedig!' gwichiodd.
'Dyna'r anrheg orau *erioed*!'

Roeddwn i ar fin mynd i'r
gornel i bwdu ond cydiodd
Miss Suzanne yn fy ffrog, a
rhyfeddu arni. Roedd rhaid
i mi aros yno tra oedd hi'n
byseddu'r llewys ac yn dal fy
sgertiau i fyny, a dangos fy
nicers i bawb, bron.

'Am ffrog *brydferth*! Ro'n i'n meddwl bod ffrog Alys yn bert, ond mae hon hyd yn oed yn well!' sibrydodd wrth Mam. 'Aethoch *chi* at y wniyddes hud y soniodd Mrs Evans amdani wrtha i?'

Gwenodd Mam. '*Fi* yw'r wniyddes hud,' meddai. Nodiodd arnaf i, fel petai hi'n dweud '*Wyt ti'n gweld*!'

Dechreuodd Miss Suzanne ganmol y ffrog i'r cymylau a minnau'n sefyll yno, yn teimlo'n ofnadwy.

'Mam, dwi wir ddim yn teimlo'n dda iawn,' cwynais, a thynnu wrth ei braich. 'Gaf i fynd adre, plîs?'

Rhoddodd Miss Suzanne ei braich amdanaf. 'Mae popeth yn iawn, cariad. Mae pawb yn teimlo braidd yn swil mewn partïon ar y dechrau.' Gwenodd ar Mam. 'Peidiwch â phoeni, fe ofalaf i amdani hi.'

A dyna wnaeth hi, yn ddiddiwedd. Roedd rhaid i mi ymuno ym mhob un o'r gêmau parti hen ffasiwn yna fel Newid Cadeiriau a Mwgwd y Dall. Roeddwn i'n un o'r rhai olaf yn chwarae Newid Cadeiriau, ond tynnodd

Nia y gadair oddi wrthyf i fel bod Beca'n ei chael hi gyntaf. Buodd y ddwy yn fy mhwtio'n gas yn ystod Mwgwd y Dall. Cedwais yn dawel am hyn, roeddwn i'n rhy falch i ddangos dim, ond daeth Miss Suzanne draw i'm hamddiffyn i.

'Dere nawr, Nia, dwi'n credu mai twyllo yw gwneud hynna. Druan ag Owena!' meddai. A, 'O, Beca, gwelais i hynna! Paid â phwtio, cariad, mae e'n gwneud dolur!'

Oherwydd hyn roedd Beca a Nia yn fy nghasáu i hyd yn oed yn fwy. Maen *nhw*'n cael casáu cymaint ag maen nhw eisiau. Roedd yr ysgol yn mynd i fod yn hwyl ddydd Llun. Nac oedd ddim.

Wedyn cawson ni gêmau dawnsio arbennig ac roedd y rhain hyd yn oed yn waeth. Ar gyfer y gêm Delwau roedd rhaid i ni ffurfio parau a dawnsio'r polca o gwmpas y stafell tan i'r gerddoriaeth stopio. Doedd gen i ddim ffrindiau go iawn yma felly doedd neb i fod yn bartner i mi. Roeddwn i'n meddwl y gallwn i gael fy rhoi gydag Alys oherwydd doedd dim ffrindiau go iawn ganddi hi chwaith, ond buodd hi'n dawnsio gyda'i chefnder oedd yn edrych yn reit snobyddlyd mewn siwt go iawn a chrys gwyn a thei-bo coch! Roedd e'n cydio ynddi mewn ffordd ryfedd, yn troi ei ben i'r naill ochr ac yn camu ar flaenau ei draed yn ei esgidiau du llachar, yn union fel maen nhw'n ei wneud ar *Strictly Come Dancing*.

Sefais yn erbyn y wal, yn falch fy mod i'n cael llonydd, pan welais Miss Suzanne yn dod tuag ataf.

'Dere, Owena! Dere i ddawnsio gyda fi!' meddai hi.

'Dwi ddim yn gallu gwneud y ddawns hon,' meddwn i'n gyflym.

'Wrth gwrs dy fod ti, cariad. Dim ond cam-cam-cam-*herc* yw hi. Gall unrhyw un ddawnsio'r polca.'

Unrhyw un ond fi. Baglais dros y lle i gyd wrth iddi fy nhroelli o gwmpas y neuadd yn frawychus o gyflym.

'*Dylet ti fy ngweld i'n dawnsio'r polca*!' canodd yn fy nghlust, a phwysleisio pob gair.

Roeddwn i'n gallu fy ngweld *i*'n dawnsio'r polca, oherwydd roedd drychau o gwmpas y neuadd i gyd. Am olwg ofnadwy!

'Dyna ni, dwi'n *meddwl* dy fod ti'n dechrau ei deall hi nawr,' meddai Miss Suzanne yn amheus.

Pan gyhoeddon nhw'r ddawns nesaf, rhywbeth o'r enw Gay Gordons, bachodd hi ryw ferch fach mewn gwisg Eira Wen ac awgrymu y dylwn i ddawnsio gyda hi. Dim ond tua phedair oed oedd Eira Wen a doedd hi ddim yn gwybod y ddawns chwaith, felly aethon ni i gornel a dawnsio ein dawns ein hunain.

'Rwyt ti'n dawnsio'n ddoniol,' meddai hi.

Doeddwn i ddim yn meddwl mai canmol roedd hi.

Yna cawson ni ein harwain i'r stafell nesaf, lle roedd byrddau wedi'u gwthio at ei gilydd a the pen-blwydd anhygoel arnyn nhw. Pan fydd Indeg a minnau'n cael te pen-blwydd, rydyn ni'n cael sleisys o bitsa a chreision a darnau o foron a chaws a phîn-afal, ac yna cacen ben-blwydd siocled.

Te crand i oedolion oedd hwn gyda brechdanau pitw bach heb grystiau, *bagels* eog a chaws meddal, sgonau bach gyda jam a hufen, a chacennau bach wedi'u gosod yn batrymau ar blatiau pert. Yna roedd powlenni o dreiffl a *tiramisu*, a chacen hufen iâ arbennig, a *pavlova* mafon, a chacen gaws, a thŵr o *profiteroles, a* chacen ben-blwydd enfawr gyda llun dawnsiwr bale mewn ffrog borffor arni.

Efallai nad ydw i'n dda i ddim am ddawnsio ond dwi'n wych am fwyta. Eisteddais nesaf at

Eira Wen a rhoi brechdanau iddi a'i dysgu i yfed pwnsh lemonêd drwy welltyn. Dangosais iddi sut i chwythu swigod hefyd, ond cefais gymaint o hwyl arni, gorlifodd y swigod dros y gwydr ac aeth diferyn i lawr blaen fy ffrog. Rhwbiais e'n sydyn â napcyn papur – a gweld fy mod i rywsut wedi gollwng hufen iâ arni wrth ddangos i Eira Wen sut i'w dorri'n frics bach i wneud iglw pitw. Rhwbiais hwnnw hefyd. Roedd cymaint o ddefnydd yn fy ffrog fel roeddwn i'n gobeithio na fyddai neb yn sylwi ar ddau staen pitw bach. Roeddwn i'n benderfynol o beidio â phoeni beth fyddai Mam yn ei ddweud. Roeddwn i bron yn dechrau mwynhau fy hun.

Roedd rhaid i ni ganu 'Pen-blwydd Hapus' i Alys, gyda Mrs Evans a Miss Suzanne yn arwain. Yna chwythodd Alys y canhwyllau tra oedd ei mam yn gollwng conffeti pefriog drosti.

Roedd hi'n dweud mai llwch y tylwyth teg oedd e ac y byddai'n gwneud i holl freuddwydion Alys ddod yn wir.

Roeddwn i'n gwybod mai dwli pur oedd hyn, ond hyd yn oed wedyn es draw at Alys fel y byddai peth o lwch y tylwyth teg yn glanio arnaf i. Yna caeais fy llygaid a dymuno y gallwn greu comig go iawn am Wena Wych. Yna byddai'n cael ei droi'n gyfres deledu ac yn ffilm fawr ac yn gêm gyfrifiadur boblogaidd a byddwn i'n gwneud llwyth o arian, ac yna fyddai dim rhaid i Dad geisio bod yn asiant teithio mwyach. Gallai fynd ar yr holl wyliau yna ei hun, a mynd â mi gydag ef. Ac efallai Mam hefyd, petai hi'n addo na fyddai hi'n swnian ac yn gwneud imi wisgo ffrogiau twp. Doeddwn i ddim yn siŵr am Indeg. Cofiais sut roedd hi wedi chwerthin am fy mhen. Efallai y byddai'n rhaid iddi hi aros gartref ar ei phen ei hun.

Pan oedd pawb wedi cael darn o gacen ben-blwydd, roedd rhaid i ni fynd yn ôl i'r brif neuadd tra oedd y clown yma o'r enw Mr Trwyn Coch yn ein diddanu ni. Daeth Eira Wen i gwtsio wrth fy ochr a sibrwd nad oedd hi'n hoffi clowniau, yn enwedig rhai â wynebau gwyn a thrwynau coch fel Mr Trwyn Coch. Rhoddais fy mraich amdani a dweud nad oedd angen iddi boeni

– roedd Mr Trwyn Coch yn edrych fel clown cyfeillgar a doedd dim golwg gas arno.

Ar hynny, daliodd Mr Trwyn Coch fy llygaid. Edrychodd ar fy ffrog ofnadwy. 'A, rhaid mai ti sy'n cael dy ben-blwydd!' meddai. 'Hoffet ti ddod ar y llwyfan a fy helpu i gyda fy nhriciau hud?'

Roedd y ferch *oedd* yn cael ei phen-blwydd yn digwydd bod yn y tŷ bach ar yr eiliad honno. Roedd hwn yn gyfle rhy dda i'w golli. Roeddwn i bob amser wedi *dyheu* am gael gwneud triciau hud.

Neidiais ar y llwyfan. 'Dwi'n fodlon bod yn gynorthwy-ydd i chi, Mr Trwyn Coch!' meddwn i.

I ddechrau, gwnaethon ni ychydig o driciau bach syml. Roedd rhaid i mi ddewis cardiau a thynnu llinynnau o hancesi allan o'i boced. Yna daeth â het fawr a dechreuodd fy nghalon guro. Oedd e'n mynd i dynnu cwningen o'r het? Ac os felly, *a fyddai e'n gadael i mi ei chadw hi?*

Doedd dim anifeiliaid anwes gyda ni gartref. Doedd Mam ddim yn rhy hoff o'r syniad gan eu bod nhw'n gwneud llanast, meddai hi. Allai hi wrthwynebu cael un gwningen bitw fach a fyddai'n treulio'r rhan fwyaf o'i hamser mewn het? Gallwn alw'r gwningen anwes yn Hud a gallen ni berfformio triciau gyda'n gilydd . . .

'Deffra, wir!' meddai Mr Trwyn Coch. 'Dywedais i wrthot ti am daro'r het â'r hudlath, ti sy'n cael dy ben-blwydd.'

'*Fi* sy'n cael pen-blwydd, nid hi!' sgrechiodd Alys, dan redeg i mewn i'r neuadd.

Symudodd Mrs Evans fi oddi ar y llwyfan. Roedd rhaid i mi wylio *Alys* yn tynnu'r gwningen allan o'r het – cwningen *fach* gyda'r clustiau meddal mwyaf hyfryd. Gwnaeth Mr Trwyn Coch iddi ddiflannu drwy hud a lledrith bron yn syth, felly chafodd Alys ddim o'i chadw hi chwaith. Ond cafodd Alys wneud y peth gorau oll. Gorweddodd mewn bocs mawr (tipyn o gamp gan fod cryn dipyn o Alys i'w stwffio iddo, yn enwedig gan ei bod hi'n gwisgo ffrog gyda thair haen o bais les) a chafodd ei llifio yn ei hanner! Byddwn i wedi *dwlu* ar gael fy llifio yn fy hanner. Byddai mor wych. Gallai un hanner ohonof i aros gartref gyda Dad a thynnu lluniau stribedi comig Wena a gwylio DVDau, a gallai'r hanner arall fynd i'r ysgol a rhedeg o gwmpas a chwarae pêl-droed. Ond roedd Alys yn edrych yn bryderus iawn, fel petai hi ar fin llefain. Doedd Mrs Evans ddim yn edrych yn hapus chwaith. Efallai ei bod hi'n ofni y byddai'r ffrog barti werthfawr yn cael ei thorri yn ei hanner hefyd.

Dwi ddim yn credu bod Mr Trwyn Coch *wir* wedi'i wneud e, er bod ei lif yn sicr yn edrych yn ddigon miniog, oherwydd daeth Alys yn ôl ar y llwyfan yn un darn a doedd ei ffrog ddim hyd yn oed wedi cael ei thorri a doedd dim sôn am waed yn unman. Gorffennodd Mr Trwyn Coch drwy *chwarae* ei lif fel petai'n offeryn cerdd, a chanodd pawb y caneuon gyda fe.

Dechreuodd rhai o'r rhieni gyrraedd, felly roeddwn i'n meddwl ei bod hi'n amser mynd adref o'r diwedd – ond curodd Miss Suzanne ei dwylo a chyhoeddi, 'Mae'n bryd i ni gael y bale pen-blwydd, blant!'

Dechreuodd fy nghalon guro unwaith eto, wrth feddwl tybed a fyddai'n rhaid imi geisio dawnsio *bale* nawr – ond diolch byth doedd dim rhaid i mi wneud dim byd, dim ond bod yn rhan o'r gynulleidfa.

Rhuthrodd disgyblion yr ysgol ddawnsio'n ôl i gefn y llwyfan i newid ar gyfer yr awr fawr. Cymerodd pob un o'r merched ran – *a'r* cefnder snobyddlyd. Ymddangosodd Eira Wen hyd yn oed ar y llwyfan, a phwyntio blaenau ei thraed a sgipio ychydig.

Alys oedd seren y bale pen-blwydd, wrth gwrs. Buodd hi'n troelli ac yn chwyrlïo fel top mawr iawn, tra oedd Mr Evans yn recordio ei pherfformiad gwych ar iPad. Roedd rhaid i Beca a Nia wneud deuawd fach. Roeddwn i'n gobeithio y bydden nhw'n edrych yn hynod o dwp fel y gallwn i chwerthin nerth fy mhen, ond gwnaethon nhw ddawnsio modern, gan wingo a symud fel merched mewn grŵp pop – y math o ddawnsio y byddai Indeg yn ei wneud o flaen ei drych, ond gwaetha'r modd, roedden nhw'n well na hi.

Y dawnsiwr *gorau*, serch hynny, oedd cefnder Alys. Roedd e wedi newid i'r teits mwyaf erchyll yn lle trowsus, a thiwnig amdano nad oedd yn mynd i lawr yn ddigon pell – ond buodd e'n neidio fry i'r awyr, a'i goesau'n symud y naill ffordd a'r llall, ac yna plygodd i lawr fel broga a neidio o gwmpas, a buodd e'n olwyn-droi hefyd, hyd yn oed. Os mai *dyna* beth oedd bale, yna efallai fy mod yn hoffi'r peth wedi'r cyfan.

Roedd Mam wedi cyrraedd erbyn hyn. Gwelais hi'n siarad fel pwll y môr â Miss Suzanne. Curais fy nwylo'n frwd ar ôl i'r cefnder orffen a churais fy nwylo ychydig i Alys, dim ond er mwyn bod yn gwrtais, ac yna rhedais draw at Mam.

'Wyt ti'n trefnu i mi gael gwersi bale, Mam?' gofynnais yn frwd.

Roedd Mam wedi'i syfrdanu.

Chwarddodd Miss Suzanne. 'Efallai nad dawnsio yw'r peth i ti, Owena. Doeddet ti ddim yn edrych fel petaet ti wedi mwynhau'r polca.'

'Na, nid y dawnsio hercian a phrancio dwl yna. Dwi eisiau neidio o gwmpas a llamu fel cwningen ac olwyn-droi fel fe,' meddwn, gan bwyntio at gefnder Alys.

Rhoddodd Miss Suzanne ei llaw yn ysgafn ar fy mhen. 'Na, cariad, dydy *merched* ddim yn gwneud y math *yna* o ddawnsio!' meddai, a chwerthin am fy mhen eto.

'Dyna annheg! Dwi'n siŵr y gallwn ei wneud cystal ag e,' meddwn i o dan fy anadl, wrth i Miss Suzanne a Mam siarad yn ddiddiwedd am *dylwyth teg y blodau* – tylwyth teg rhosyn a phabi a chlychau'r gog a phys pêr dwl. Buon nhw'n siarad am *oesoedd*, fel mai ni oedd yr unig rai oedd ar ôl yn y neuadd, bron.

Yna, pan aeth Mam â mi adref o'r diwedd, cefais sioc gas arall. Roedd Dad ac Indeg yn eistedd ar y soffa yn bwyta sglodion wedi'u dipio mewn soser o saws tomato ac yn gwylio *Toy Story 3* gyda'i gilydd. Fy hoff beth *i* yw gwneud hynny a dyna fy hoff DVD *i*. Dwi bob amser yn ei wylio gyda Dad, ac rydyn ni'n adrodd y darnau gorau i gyd ac mae'n rhaid i ni gydio ein dwylo'n dynn pan fydd y teganau ar fin cael eu taflu i'r sbwriel. Efallai mai  *dyna'r* peth gwaethaf am fy chwaer i. Mae hi mor dan din, y ffordd y mae hi'n ffrindiau mawr gyda Dad yr eiliad dwi'n troi fy nghefn.

'Dyna annheg!' llefais. 'Dwi eisiau gwylio hefyd! Gawn ni fynd yn ôl i ddechrau'r ffilm? Gaf *i* gael sglodion hefyd?'

'Hei, cariad, rwyt ti wedi bod i barti! Ro'n i'n teimlo bod eisiau i Indeg gael rhywbeth bach arbennig hefyd,' meddai Dad.

'Nid rhywbeth bach *arbennig* oedd mynd i'r parti, ond artaith pur,' meddwn i, gan geisio

gwasgu fy hun ar y soffa rhwng Indeg a Dad. 'Dewch, gadewch i ni fynd yn ôl i'r dechrau.'

'Gwylia'r saws tomato yna!' meddai Mam – fymryn yn rhy hwyr.

Neidiodd y soser i fyny a glanio ar fy nghôl sidan glas.

'O, Owena! Rwyt ti wedi difetha'r ffrog hyfryd yna! Sut gallet ti fod mor esgeulus?' gwaeddodd Mam.

Roeddwn i'n meddwl fy mod i mewn helynt mawr nawr, ond yn rhyfedd, doedd Mam ddim yn edrych yn grac *iawn*. Tynnodd hi'r ffrog oddi amdanaf a cheisio defnyddio sbwng i gael gwared ar y saws. Yna gwelodd hi'r diferyn o lemonêd a'r darn o hufen iâ a dechreuodd ddweud y drefn eto, ond ddim yn rhy gas.

'Dwi'n mynd i gael bib plastig enfawr i ti a gwneud i ti ei wisgo fe bob tro rwyt ti'n bwyta,' meddai hi. 'Gwylia ddiwedd *Toy Story 3*, 'te. Chei di ddim dechrau yn y dechrau, mae hi bron yn amser gwely.' Rhoddodd y sbwng ar y ffrog las eto.

'Ydy hi wir wedi cael ei difetha? Felly fydd dim rhaid i mi ei gwisgo hi byth eto?' meddwn i'n obeithiol.

'Mae'n edrych yn debyg,' atebodd Mam. 'Paid ag edrych mor hapus!'

'Mae'n ddrwg gen i, Mam. Wnes i ddim o hyn yn fwriadol.'

'Dwi'n gwybod.' Ochneidiodd. 'Ro't ti'n edrych yn hyfryd yn y ffrog, Owena. Dylwn i fod wedi tynnu llun ohonot ti. Ond, mae'n edrych yn debyg fod y ffrog wedi gwneud ei gwaith!'

Doeddwn i ddim yn deall beth roedd Mam yn ei feddwl – *ar y pryd*.

Fel arfer rydyn ni i gyd yn cysgu'n hwyr bob bore dydd Sul, ond roedd Mam ar ei thraed yn gynnar iawn, a'i pheiriant gwnïo'n mynd fel cath i gythraul. Cerddodd Dad yn gysglyd i mewn i Ffau Wena yn ei byjamas, gan grafu ei ben a dylyfu gên.

'Oes bync sbâr gyda ti, Wena?' gofynnodd. 'Mae Mam yn gwneud sŵn difrifol yn ein stafell ni.'

'Tafla Neidiwr ar y llawr, Dad. Croeso i ti.'

Dringodd Dad i mewn, gan wneud ei hunan yn fach. 'Aw!' meddai, wrth deimlo o dan y cwilt. Beth yw'r peth pigog yma?'

'O, Derfel yw hwnna, fy nraenog anwes i. Ro'n i'n meddwl tybed i ble'r aeth e,' meddwn i.

'Dy ddraenog di? Wrth gwrs,' meddai Dad, gan daflu'r draenog allan i'r oerfel a chwtsio.

Gorweddais innau hefyd a meddwl am y parti. Ciciais y cwilt oddi arnaf a symud fy nghoesau i'r naill ochr a'r llall, gan drio gweithio allan sut roedd y cefnder yna wedi gallu neidio fel gwnaeth e.

'Beth wyt ti'n ei *wneud*, Wena? Mae'r gwely bync yn ysgwyd,' meddai Dad.

'Dwi'n ceisio gwneud fel gwnaeth y bachgen oedd yn dawnsio bale,' meddwn i. 'Ond dwi'n methu gweithio allan sut.'

'Efallai ei bod hi'n haws dawnsio pan nad wyt ti yn y gwely,' awgrymodd Dad.

Neidiais i lawr a dechrau llamu o gwmpas y stafell. Ar ôl rhoi cynnig ar anferth o naid gymhleth, glaniais yn bentwr ar y mat.

'O'r annwyl,' meddai Dad. 'Wyt ti'n iawn, Wena?'

Gorweddais yn llonydd a meddwl am y peth. 'Dwi ddim yn siŵr,' atebais. Ciciais fy nghoesau'n ofalus. 'Dwi'n credu fy mod i wedi brifo ychydig. Fy nghoes.'

'Pa un?' gofynnodd Dad, gan bwyso allan o'r gwely bync a rhoi pwt i'm coesau.

'Hon. Nage, efallai honna. Dwi'n credu bod y ddwy'n brifo. Efallai fy mod i wedi'u torri nhw. W, byddai hynny'n wych, achos wedyn byddwn i'n cael plastr. Rwyt ti'n gallu cael pob math o liwiau. Gaf i un coch, Dad?'

'Cei, a thrwyn coch hefyd, y clown bach â ti. Dwi ddim yn credu bod dy goesau di *wedi* torri, Gwrlen. Edrych i weld a wyt ti'n gallu codi a cherdded o gwmpas ychydig.'

'Helpais i Mr Trwyn Coch ym mharti Alys. Clown oedd e. Roeddwn i'n dda hefyd, bues i bron â chael tynnu cwningen allan o het,' meddwn i, gan gerdded o gwmpas mewn cylchoedd. 'Dad, gaf i fod yn glown pan fyddaf i wedi tyfu'n fawr? Mae merched yn cael bod yn glowniau, on'd ydyn nhw?'

'Allaf i ddim gweld pam lai. Dwi ddim yn credu fy mod i wedi *gweld* unrhyw glown sy'n fenyw, ond gallet ti fod y fenyw gyntaf.'

'Gwych! Gwell i mi ddechrau ymarfer nawr. Oes llif gyda ti yn dy focs twls, Dad? Gallwn i fynd â hi i'r ysgol a rhoi cynnig ar dorri Beca a Nia yn eu hanner.'

'Wel, ie, dwi'n *credu* bod merched yn cael llofruddio pobl hefyd, ond byddwn i'n ceisio dewis gyrfa arall,' meddai Dad.

'Gallwn i geisio dysgu chwarae cerddoriaeth ar dy lif di yn lle hynny, Dad. Roedd cerddoriaeth Mr Trwyn Coch yn *hyfryd*. Dere, gad i mi roi cynnig arni.'

'Wena, fel arfer fi yw'r tad annwyl a chariadus sy'n gadael i ti wneud popeth, bron – ond dwi ddim yn gadael i ti chwarae gyda'r llif, neu unrhyw un o'r tŵls. Wyt ti'n credu fy mod i'n wallgof?'

'Dwi'n credu dy fod ti'n gas,' meddwn i. 'Beth *gaf* i ei chwarae, 'te?'

'Roeddwn i'n arfer chwarae alawon gyda darn o bapur toiled a chrib,' mwmialodd Dad.

'A-ha!'

Doedd *gen* i ddim crib – wel, dim un oedd â dannedd ar ôl – ond cofiais, pan es i â brwsh gwallt Indeg, fod crib bach gyda fe.

Es ar flaenau fy nhraed allan o'r ffau yn fy mhyjamas, tynnu anadl ddofn, a sleifio i mewn i stafell Indeg. Roedd ei llenni pinc yn dal wedi'u cau. Roedd Indeg yn gorwedd yn llonydd o dan ei chwilt pinc. Cerddais yn droednoeth dros ei

charped pinc, penlinio ar y mat blewog o flaen
ei bwrdd gwisgo ac agor y drôr uchaf yn hynod
ofalus.

Roedd drôr Indeg mor
drefnus: sleidiau gwallt
yn pefrio mewn llinell
syth, rhubanau wedi'u
dirwyn yn beli, mwclis a

breichledau wedi'u troelli fel nadroedd bach – a
chrib binc yn gorwedd yno, yn disgwyl cael ei
throi'n offeryn cerdd.

Codais hi.

'Beth rwyt ti'n ei *wneud*?' meddai Indeg o
dan ei chwilt.

'Dim byd!' atebais, a gwthio'r grib o dan dop
fy mhyjamas.

'Wena!' Cododd Indeg ar ei heistedd yn sydyn.
'Beth rwyt ti'n ei wneud yn fy stafell i? Dwyt ti
ddim yn cael dod yma.'

'Dim ond gweld a oeddet ti wedi dihuno
roeddwn i, dyna i gyd.'

'Wel, dwi wedi dihuno *nawr*.'

'Sori. Cer yn ôl i gysgu'n syth, Indeg – dydd
Sul yw hi,' meddwn i, a mynd allan ar amrantiad.

Es i mewn i'r stafell ymolchi a phlygu papur
toiled dros y grib a cheisio ei chwarae. Yna
llusgais fy ffordd yn ôl i Ffau Wena.

'Dad, dydy e ddim yn *gweithio*!'

'Beth? Wena, ro'n i newydd fynd i gysgu!'

'Mae'r papur toiled yn troi'n stwnsh pinc yn fy ngheg – edrych! Ych a fi! Pam mae'n rhaid i *bopeth* fod yn binc yn y tŷ yma?'

'Stwnsh pinc? O! Na, dyna'r math *anghywir* o bapur toiled. Mae angen y papur llithrig cryf, hen ffasiwn. Fel sydd gyda dy hen fam-gu yn ei thoiled hi.'

Es i lawr i'r cwtsh dan stâr i weld a oedd y math iawn o bapur yno, ond yr unig fath oedd papur meddal y mae cŵn bach yn hoffi chwarae gydag e. Syllais ar y powdr golchi a mop y gegin a'r sugnydd llwch . . . Ein sugnydd llwch ni yw'r math lle rydych chi'n gosod pob math o diwbiau gyda brwsys gwahanol ar y pen.

Codais un o'r tiwbiau a chwythu i mewn iddo yn ofalus. Gwnaeth sŵn dolefus hyfryd, fel eliffant. Chwythais eto, yn galetach. Roedd e'n anhygoel. Nawr roedd e'n swnio fel gyr cyfan o eliffantod. Chwythais mewn rhythm, gan geisio chwarae 'Pen-blwydd Hapus'. Yna, agorodd drws y cwpwrdd yn sydyn a rhythodd Mam i mewn, yn edrych yn wyllt.

'Owena Morgan! Rho'r gorau iddi! Mae'n hanner awr wedi saith ar fore dydd Sul. Wyt ti'n gall, dwed? Wyt ti'n ceisio dihuno pawb yn yr ardal?'

'Dim ond trio chwarae alaw dw i, Mam. Glywaist ti? Dwi'n gallu chwarae "Pen-blwydd Hapus"!'

'Do, fe glywais i. A'r stryd i gyd hefyd. Nawr, dere *mas* o'r cwpwrdd yma.'

'Dwi'n credu y gallwn i fod wir yn gerddorol, Mam. Gaf i offeryn cerdd go iawn? Gaf i rywbeth rwyt ti'n ei chwythu, fel trwmped? Gallwn i gael gwersi cerddoriaeth go iawn.'

'Roeddwn i'n meddwl dy fod ti eisiau cael gwersi dawnsio.'

'Dwi ddim yn meddwl y gallwn i wneud y pethau cymhleth yna gyda fy nghoesau.' Des i allan o'r cwtsh dan stâr. 'Edrych, Mam – beth rydw i'n ei wneud o chwith?' meddwn i, gan neidio i fyny a cheisio cael fy nghoesau i groesi'n ôl ac ymlaen.

'Tipyn go lew,' meddai Mam. 'Dere i roi help llaw i fi gyda'r brecwast, gan fod pawb wedi dihuno nawr. Os wyt ti o ddifrif am ddawnsio, efallai y *gallen* ni ddechrau dy anfon di at Miss Suzanne. Dwi'n siŵr y byddai hi'n rhoi disgownt i ni. Dwi'n mynd i fod yn gwneud llawer o waith iddi hi. A dweud y gwir mae angen i mi siarad â ti ac Indeg am rywbeth.'

'Beth?'

'Wel, brecwast yn gyntaf. Beth am gael brechdanau bacwn wedi'u tostio?'

'O, ie, plîs. Gaf i ffrio'r bacwn, Mam? Dwi wrth fy modd pan fydd e'n hisian.'

'Cei di wneud y tost – os wyt ti'n *ofalus*.'

Roeddwn i wrth fy modd yn gweld y tost yn neidio allan o'r tostiwr. Es i dros ben llestri braidd tra oedd Mam wrthi'n brysur yn ffrio'r bacwn. Roeddwn i'n mwynhau fy ngwaith yn tostio bara gymaint fel y daliais i ati i wneud mwy a mwy, hyd nes i mi ddefnyddio torth gyfan o fara.

'Owena!' meddai Mam pan welodd hi.

'Mae'n iawn, fe fwyta i'r cyfan – dwi'n llwgu,' meddwn i. 'Dwi'n dwlu ar y ffordd y maen nhw'n dod allan – *pop* – o'r tostiwr.'

'Pam na alli di fod yn *gall* wrth wneud rhywbeth? Nawr, rho fenyn ar y tost. Wyth tafell. *Dim ond* wyth, o'r gorau?'

Gwnaeth Mam y te a rhoi'r brechdanau bacwn i gyd at ei gilydd.

'Wyt ti eisiau i mi alw ar Dad ac Indeg?' gofynnais.

'Cawn ni frecwast yn y gwely. Beth am i ni fynd i dy stafell di ac eistedd ar dy welyau bync?' meddai Mam.

Oedais. Doeddwn i ddim wir eisiau i bawb ddod i mewn i Ffau Wena. Roedd hi'n iawn os oedd Dad yn westai, achos doedd e ddim yn dweud y dylwn i dacluso a chlirio'r pentyrrau o ddillad isaf. Ac yn sicr doeddwn i ddim eisiau i Indeg ddod i mewn i fy stafell achos roedd hi bob amser yn ceisio cael gafael ar ei phethau hi a dweud y drefn wrtha i. Ond roedd y syniad o gael pawb yn bwyta brechdanau bacwn yn fy ngwelyau bync yn swnio'n hwyl, felly cytunais.

Aeth Mam a Dad i'r bync gwaelod, ac eisteddodd Indeg a fi ar y bync uchaf, yn cnoi'n fân ac yn aml.

'Mae hon yn stafell mor rhyfedd, Owena,' meddai Indeg. Syllodd o amgylch y stafell ar fy mhosteri o Wena, a Neidiwr gyda'i goesau yn yr awyr, a'm ceffylau plastig yn eu stabl blwch esgidiau, a Poli, fy mharot esgus, yn eistedd ar y lamp, a Nerys fy neidr frown hardd. Drwy lwc roedd Derfel y Draenog yn cuddio yn y cysgodion o'r golwg.

'Mae'r stafell yn llawn o bersonoliaeth,' meddai Dad, yn deyrngar.

'Dyna rwyt ti'n ei alw fe, ie?' meddai Mam, gan edrych o gwmpas. Yn anffodus syllodd i fyny hefyd. 'Owena, beth yn y *byd* yw'r marciau du ofnadwy yna ar y nenfwd?'

O diar, roedden nhw wedi digwydd pan oeddwn i'n chwarae gyda Mwnci Bach, yn ceisio ei ddysgu i hedfan, fel y mwncïod yn y ffilm *The Wizard of Oz*. Mwnci Bach Indeg oedd e'n wreiddiol. Nid ei fenthyg e wnes i – rhoddodd hi fe i mi pan oedd hi'n clirio ei chwpwrdd teganau. Dywedodd Mwnci Bach nad oedd eisiau bod yn binc rhagor. Roeddwn i'n deall yn iawn. Des i o hyd i'r polish esgidiau a'i rwbio i mewn iddo, ac roedd e'n *dwlu* ar gael troi'n ddu. Dysgodd hedfan yn gyflym iawn hefyd. Roedd e bron yn rhy dda, ac yn taro'r nenfwd o hyd, gan adael un neu ddau o farciau polish du. Ond o leiaf doedd e ddim yn gallu mynd i helynt nawr, achos roedd wedi hedfan yn syth allan o'r ffenest a diflannu'n llwyr.

'Bydd angen peintio'r stafell yma i gyd,' meddai Mam. Roedd hi'n edrych ar y carped. 'A dyna'r staen ofnadwy yna pan fwytaist ti ormod o dy siocledi pen-blwydd a methu cyrraedd y stafell ymolchi mewn pryd.'

'Arbrofi roeddwn i – eisiau gweld faint gallwn i ei fwyta ar yr un pryd. Gwnes i'n wych. Roeddwn i bron â dod i ben â bwyta'r bocs i gyd,' meddwn i.

'Mae'n debyg y gallwn i roi mat dros y staen, ond byddai hi'n dda i'r stafell gael carped newydd. A bydd rhaid i ni gael gwared ar yr hen gadair yna a'r gist o ddroriau – maen nhw'n edrych yn ofnadwy.'

Doedd gen i ddim dodrefn go iawn yn Ffau Wena. Roedd gen i hen gadair freichiau hyfryd –

mae'n debyg ei bod hi'n werth ffortiwn. Roedd hi'n gwegian ychydig ac roedd sbrings yn dod allan o un ochr, ond roedd hi'n dal i fod yn wych i neidio arni. Roedd fy nghist ddroriau'n hyfryd hefyd, er bod y drôr canol ar goll. Roeddwn i wedi ceisio ei ddefnyddio fel sled yn ystod y gaeaf pan fuodd hi'n bwrw eira. Rywsut roedd wedi colli ei siâp ac roedd hi'n amhosib ei gael i ffitio'n ôl.

'Mae'n iawn, Mam, dwi'n *hoffi* fy nghadair a'm cist ddroriau,' meddwn i.

'Na, mae'n bryd i ti gysgu mewn stafell wely *go iawn*, cariad,' meddai Mam.

'Wyt ti'n mynd i newid stafell Wena i gyd?' gofynnodd Indeg. 'Dydy hynny ddim yn deg! Dwi eisiau newid fy stafell wely *i* – mae'n llawer rhy fabïaidd fel mae hi nawr.'

'Iawn, o'r gorau. Fe rown ni gôt o baent iddi, os wyt ti eisiau,' meddai Mam.

Syllodd Indeg a minnau ar ein gilydd. Dydy Mam ddim yn gadael i ni gael pethau fel arfer – wel, ddim yn syth.

'Wir?' meddai Indeg yn gyflym. 'Wel, diolch, Mam! Dyna wych! Gaf i gwpwrdd dillad enfawr rwyt ti'n gallu cerdded i mewn iddo fe?'

'Paid â bod yn hurt, byddai'r math yna o gwpwrdd dillad yn cymryd llawer gormod o le. Mae hi'n mynd i fod yn gyfyng fel mae hi,' meddai Mam.

'A fyddai gwahaniaeth gan rywun ddweud wrtha i beth yw'r cynlluniau mawr yma?' gofynnodd Dad. 'Yn enwedig gan mai fi sy'n gwneud pethau o gwmpas y tŷ ac felly'n debygol o fod yn gorfod peintio ac ail-wneud ac adeiladu cypyrddau dillad ac ati.' Rhoddodd ei law dros wallt Mam fel petai hi'n ferch fach fel ni. 'Beth sy'n digwydd yn y pen 'na, dwed? Dwi'n gallu teimlo rhywbeth yn chwyrlïo ynddo fe. Mae'n swnio'n union fel dy beiriant gwnïo di!'

Tynnodd Mam anadl ddofn. Neidiodd oddi ar y gwely bync a'n hwynebu ni. Roedd ei bochau hi'n goch a'i llygaid hi'n disgleirio. Roedd hi'n dal ei dwylo gyda'i gilydd ac yn eu gollwng wedyn. *Fi* sy'n gwneud hynny, ond dim ond os ydw i eisiau rhywbeth yn ofnadwy y byddaf i'n ei wneud e.

'Mae Suzanne o'r dosbarth dawnsio wedi rhoi comisiwn i mi wneud y gwisgoedd ar gyfer bale blodau newydd y plant. Mae ugain ffrog i gyd, pob un yn wahanol i'w gilydd. Mae'n mynd i fod yn dipyn o her. Ond os gwnaf i waith da, mae hi'n bwriadu gwneud pantomeim yn y gaeaf, a bydd hynny'n golygu sawl gwisg i bob plentyn. Ac mae dwy o'r mamau yn y parti wedi gofyn i mi wneud ffrogiau morwyn priodas eu merched nhw. Mae un eisiau *chwe* ffrog morwyn briodas a gwisg i forwyn flodau hefyd. Byddaf i'n gwnïo ddydd a nos, ond bydd hi'n werth chweil. Chredech chi ddim faint maen nhw'n fy nhalu i!'

'Dyna wych, Beth,' meddai Dad.

'Da iawn ti, Mam,' meddai Indeg.

'Yr holl ffrogiau hyfryd yna! Dwi mor falch na fydd rhaid i *mi* wisgo un eto,' meddwn i. 'A gest ti'r holl waith achos fy mod i wedi bod yn hysbyseb dda i dy sgiliau gwnïo, Mam?'

'Do, mae'n siŵr,' meddai hi. 'Diolch am fod yn fodel fach mor ardderchog, Owena.'

Chwarddais ac ymgrymu iddi o'r bync top.

'Felly mae ein stafelloedd ni'n mynd i gael eu peintio achos dy fod ti'n mynd i wneud llawer o arian?' gofynnodd Indeg.

'Wel, fel hyn mae hi . . . dwi wedi bod yn

ceisio meddwl sut mae dod i ben â'r holl waith ychwanegol yma. Mae hi'n mynd i fod mor lletchwith os oes raid i bobl gerdded i mewn ac allan o'r stafell wely i gael eu mesur a thrio'r dillad. Dydy e ddim yn edrych yn broffesiynol, gyda'r gwely reit ynghanol y stafell – yn enwedig os nad yw e'n daclus.'

'Sori, sori,' meddai Dad, gan godi ei ddwylo yn yr awyr.

'Ac yna bydd angen llawer o le i *hongian* y ffrogiau. Yn ddelfrydol dylwn i eu hongian nhw o gwmpas y stafell i gyd, a bag plastig drostyn nhw.' Pwyntiodd Mam o gwmpas fy stafell *i* i gyd – a theimlais fy nghalon yn neidio.

'Elli di ddim rhoi'r holl ffrogiau yna yn Ffau Wena, Mam, elli di ddim!' meddwn i. 'Fyddai hynny ddim yn gall! Rwyt ti'n gwybod pa mor anniben ydw i! Fyddwn i ddim yn gwneud dim yn *fwriadol*, ond byddai'r ffrogiau'n llanast mewn dim o dro.'

'Dwi'n gwybod hynny, cariad,' meddai Mam. 'Ond efallai, petaen ni'n dy *symud* di . . ? Rwyt ti'n gweld, mae gwir *angen* y stafell hon arnaf i fel stafell wnïo.'

Roeddwn i wedi cael cymaint o sioc, prin y gallwn i siarad. Roeddwn i'n teimlo fel petai Mam wedi rhoi ergyd galed reit yn fy stumog i.

'Rwyt ti eisiau fy ngwthio i allan o Ffau Wena?' sibrydais.

Fyddaf i bron byth yn llefain – rhywbeth i ferched 'go iawn' yw hynny – ond rywsut roedd dagrau'n llifo i lawr fy wyneb.

'O, Owena, paid â llefain!' meddai Mam. Rhedodd i fyny ysgol y bync, eistedd wrth fy ochr, a rhoi cwtsh i mi.

'Dwi'n methu peidio. Elli di ddim mynd â Ffau Wena oddi arna i, Mam! Dwi ddim wedi gwneud dim byd o'i le, hyd yn oed. Wel, dim byd gwaeth nag arfer,' llefais.

'Dwi'n gwybod, cariad. Nid cosb yw hi. Dwi'n ceisio bod yn ymarferol, dyna i gyd. Dydyn ni erioed wedi rhoi dodrefn neis yn y stafell yma. Mae gwir angen y stafell arnaf i er mwyn gwnïo. Ond does dim angen crio. Dwi'n siŵr y gwnaiff Dad silffoedd newydd i ti os gofynni di'n garedig. Dwyt ti ddim yn hoffi'r hen ddodrefn yma, wyt ti, Owena? Mae dy ffau di'n edrych fel stafell lawn sothach. A rhywbeth i fechgyn, nid i ferched yw ffau beth bynnag.'

'Dw i eisiau ffau,' llefais.

'Felly ydy Wena'n symud i mewn atat ti a Dad?' gofynnodd Indeg.

Llyncodd Mam unwaith eto. 'Nac ydy, Indeg. Dwi ddim yn meddwl y byddai hynny'n gweithio o gwbl,' meddai. 'Dydy plant ddim yn cysgu yn stafell wely eu rhieni – ddim plant yn eich oed chi beth bynnag.'

'Yna i *ble* mae hi'n mynd i fynd?' gofynnodd Indeg. Roedd ei llais yn codi o hyd.

'Wel, mae'n amlwg, cariad. Bydd hi'n symud i mewn atat ti,' meddai Mam.

 'Na! Na, ddim o *gwbl*!' sgrechiodd Indeg. 'Allaf i *ddim* rhannu gyda Wena! Bydd hi'n gwneud llanast ofnadwy, yn difetha fy mhethau i gyd ac yn fy hala i'n hollol ddwl!'

'Paid â phoeni, dwi ddim yn mynd i rannu â ti byth byth byth!' cyhoeddais. 'Os bydd Mam yn mynd â Ffau Wena oddi arna i, fe – fe gysgaf i yn y gegin, o dan y bwrdd – neu yn y bath – neu af i i wersylla mewn pabell yn yr ardd!'

'Mae'r ddwy ohonoch chi'n gwneud môr a mynydd o hyn! Edrychwch, bydd hi'n hwyl i chi rannu. Roeddwn *i'n* arfer rhannu stafell gyda fy chwaer ac roedden ni wrth ein boddau. Roedden ni'n cael pob math o hwyl a chwerthin gyda'n gilydd,' meddai Mam.

'Ond rwyt ti ac Anti Carol yn *hoffi* eich gilydd,' meddai Indeg.

'Dwi eisiau i chi'ch dwy fach ddwl ddod i hoffi eich gilydd hefyd. Dwi'n gwybod eich bod chi'n caru eich gilydd yn fawr *go iawn*, ond dwi wedi blino arnoch chi'n dadlau drwy'r amser. Edrychwch arnoch chi'r diwrnod o'r blaen – yn ymladd!'

'Ond Mam, byddwn ni'n ymladd drwy'r amser os oes rhaid i mi gysgu yn yr hen stafell binc ofnadwy yna – ac mae hi'n *drewi* cymaint,' llefais.

'Dydy hi *ddim* yn drewi!' mynnodd Indeg.

'Ydy mae hi – o'r holl stwff rhosyn ych a fi yna a phowdr a phersawr. Byddaf i'n *mogi* os oes rhaid i mi aros yn stafell Indeg.'

'Wel, byddaf *i*'n mogi gan ddrewdod ofnadwy dy ddillad brwnt a dy hen deganau rhacs di. Mam, elli di ddim gwneud i ni rannu, elli di ddim!' meddai Indeg, a dechreuodd hithau grio hefyd.

'*Plîs* rhowch y gorau i grio, y ddwy ohonoch chi! Edrychwch, mae'n ddrwg gen i, dwi ddim eisiau gwneud i chi lefain. Petaech chi ond yn rhesymol, dewch chi i *hoffi*'r syniad, dwi'n siŵr y gwnewch chi.

Cewch chi ailgynllunio'r stafell. *Dywedaist* ti dy fod ti eisiau ail-wneud y stafell, Indeg. Wel, dyma dy gyfle di.'

'Ond does dim pwynt os yw Owena'n mynd i fod ynddi. Bydd hi'n difetha popeth! Bydd hi'n potsian gyda fy mhethau i, yn eu torri nhw, ac yn boendod. Sut gelli di *wneud* hyn i mi, Mam?'

'Y cyfan dwi'n trio ei wneud yw gwneud ychydig o waith a chael ychydig o arian ychwanegol i ni i gyd,' meddai Mam. Roedd hi'n edrych fel petai *hi*'n mynd i lefain hefyd.

'Rhowch y gorau iddi, bawb,' meddai Dad. Dywedodd hyn yn dawel iawn, ond roedd rhywbeth am ei lais a wnaeth i ni i gyd gau ein cegau. 'Does dim angen i ti grio cymaint, Wena, fe gei di gadw dy ffau. Indeg, does dim rhaid i ti rannu dy stafell wely. Bethan, fe gei di stafell wnïo arbennig. Cei di'r stafell ffrynt i lawr llawr. Mae'n amlwg nad ydw i'n gwneud digon o arian yn y busnes teithio nawr. Rhof i'r ffidl yn y to. Mae'r busnes wedi bod yn fethiant llwyr. Fel fi.'

Yna gorweddodd Dad ar y bync gwaelod a throi ei wyneb at y wal.

Caeodd hynny ein cegau ni. Rhoddodd Indeg
a minnau'r gorau i ddadlau. Gwasgodd Mam i
mewn i'r bync gwaelod wrth ochr Dad a rhoi ei
phen ar ei ben yntau.

'Dwyt ti ddim yn fethiant. Ti yw'r gŵr a'r tad
gorau yn y byd. Rwyt ti wedi gweithio mor galed,
cariad. Dwi'n siŵr y bydd y busnes yn gwella
cyn hir. Efallai y dylen ni ddechrau hysbysebu,
fel bod pobl yn gwybod dy fod ti yma. Ond
mae'n *rhaid* i ti ddal ati. Fyddwn i ddim yn
breuddwydio defnyddio dy stafell di. Edrych,
os yw'r merched wir yn hynod o anhapus am
rannu, yna bydd rhaid i mi ddefnyddio ein stafell
wely ni o hyd.'

Edrychodd Indeg arna i. Edrychais innau
arni hi. Aethon ni'n nes at ein gilydd. Roedden

ni'n ofni mentro edrych, ond roedd hi'n swnio fel petai Dad yn llefain.

Roedden ni'n hen gyfarwydd â gweld ein gilydd yn llefain. Doedden ni ddim yn hoffi'r adegau prin pan oedd Mam yn llefain, ond doedd hi ddim yn ddiwedd y byd. Ond clywed *Dad* yn llefain oedd y peth gwaethaf erioed.

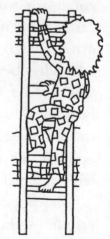

Sylweddolais fy mod yn estyn am law Indeg. Daliodd hi fy llaw, a'i gwasgu'n galed.

'Beth am esgus nad oes ots gyda ni ein bod ni'n rhannu?' sibrydais. 'Er *bod* ots gyda ni.'

'O'r gorau,' sibrydodd Indeg yn ôl.

Edrychais o gwmpas ar Ffau Wena, a syllu ar fy mhethau arbennig i gyd. Ond roedd fy nhad yn fwy arbennig na'r pethau i gyd, a allwn i ddim dioddef ei weld yn drist.

'Hei, newid cynllun,' meddwn i, gan ddod i lawr yr ysgol i'r bync gwaelod. 'Efallai y byddaf i ac Indeg *yn* rhannu.'

'Byddwn, efallai y bydd e'n hwyl,' cytunodd Indeg yn ddewr. 'Felly gawn ni newid fy stafell i go iawn?'

'Wrth gwrs, cariad,' meddai Mam. 'O, ferched, ydych chi wir yn siŵr?'

Wrth gwrs nad oedden ni'n siŵr, ac roedd pawb yn gwybod hynny – ond doedd dim troi'n ôl nawr.

'Bydd hynny'n wych,' meddwn i. 'Ond oes rhaid i ni ei chadw hi'n *binc*? Dyna'r lliw gwaethaf ym mydysawd yr enfys i gyd.'

'Dwi'n *hoffi* pinc. Dyna fy hoff liw. Ond efallai fod y pinc *golau* yna braidd yn fabïaidd nawr. Efallai y dylen ni fynd am binc gwahanol. Pinc fel minlliw? Pinc llachar? Pinc neon! Fyddet ti'n hoffi neon, Wena?' meddai Indeg.

'Byddwn, ond y rhan binc dwi ddim yn ei hoffi. Beth am gael coch, fel sydd yn Ffau Wena?'

'Mae coch yn lliw gwallgof i stafell wely.'

'Dwi'n ei hoffi fe. Neu borffor efallai. Fe allen ni gael dwy wal goch a dwy wal borffor – byddai hynny'n edrych yn cŵl,' meddwn i.

'Byddai hynny'n edrych yn hollol hurt,' meddai Indeg. 'Rwyt ti'n anobeithiol, Wena. Does dim synnwyr lliw neu steil gyda ti o gwbl. Mae fy stafell i'n aros yn binc – on'd yw hi, Mam?'

'Ydy, cariad, dwi'n credu y bydd rhaid iddi aros yn binc.'

'Dydy hynny ddim yn deg! Rwyt ti bob amser yn ochri gydag Indeg,' llefais.

'Mae hi newydd gael carped pinc y llynedd. Allwn ni ddim fforddio gwneud newidiadau mawr. Ond dwi'n credu y gallen ni ychwanegu ychydig o binc llachar, i fywiogi tipyn ar y stafell.' Oedodd Mam. 'Fel ei bod hi'n stafell i ferched yn eu harddegau.'

'O ie!'

'O na! Bydd hi'n stafell i mi hefyd felly dylwn i gael dewis cymaint â ti. Oni ddylwn i, Dad?'

Dywedodd Dad rywbeth. Roedd ei ben yn y gobennydd o hyd, ond doedd e ddim yn llefain rhagor.

'Cawn ni un neu ddau o gylchgronau, i weld a oes rhywbeth gyda nhw am stafelloedd gwely merched,' meddai Mam.

'Does dim eisiau hen gylchgronau twp. Edrychwch, gallaf i dynnu llun i ni,' meddwn i.

Chwiliais am fy mhapur tynnu lluniau. Doedd dim sôn am unrhyw feiros o hyd. Ysgydwais fy mag ysgol i weld a oedd un yn cuddio yn rhywle. Anghofiais am fy nillad chwaraeon llawn inc. (Roeddwn i wedi gorfod gwneud dwy wers ymarfer corff yn fy mlows ysgol a'm nicers.) Roedd yr inc wedi sychu felly doedden nhw ddim yn wlyb – ond roedden nhw'n hynod o *ddu*. Ceisiais eu stwffio nhw'n syth yn ôl yn fy mag, ond gwelodd Mam nhw, er ei bod hi'n dal i gwtsio gyda Dad, druan.

'Er mwyn popeth, Owena, beth yn y byd yw hwnna ar y llawr? Nid . . . nid dy ddillad chwaraeon di, does bosib?'

'Dwi'n credu bod angen eu golchi nhw, Mam,' meddwn i. 'O daro, does dim beiros da gyda fi o hyd. Ces i fenthyg beiro gan Aneira ddoe ond dwi'n methu dod o hyd iddo fe chwaith.'

'Beth sy'n *bod* arnat ti, Owena? Prynais i becyn o *bum* beiro i ti'n ddiweddar. Ac edrych ar dy ddillad chwaraeon di, wir! Sut yn y byd byddaf i'n eu cael nhw'n lân? Maen nhw'n *ddu*.'

'Beth am ychydig bach o ddu ar gyfer fy stafell, Mam? Byddai hynny'n edrych mor soffistigedig,' meddai Indeg. 'Mat blewog du, efallai? Dwi'n gwybod! Gallwn i gael canhwyllyr du – byddai hynny'n edrych *mor* cŵl.'

'Beth yw canhwyllyr?' gofynnais yn amheus.

'Mae'n rhyw fath o olau. Edrych – chwilia am feiro ac fe dynnaf i ei lun i ti,' meddai Indeg.

'Af i i nôl beiro i'r ddwy ohonoch chi. Dwi'n siŵr fod rhai gyda fi lawr llawr,' meddai Dad.

Roedd ei lais yn dal i swnio braidd yn rhyfedd. Daeth allan o'r gwely, a'i ben i lawr, a cherdded yn araf bach i lawr y grisiau yn ei byjamas. Roedd y tair ohonon ni'n dawel am eiliad, yn syllu ar ei ôl yn bryderus.

'Wyt ti'n meddwl ei fod e'n iawn nawr?' sibrydais.

'Dad druan,' meddai Indeg, ac ochneidio.

'Dwi'n teimlo'n wael,' meddai Mam yn dawel. 'Doeddwn i ddim yn bwriadu gwneud iddo fe fod yn drist. Anghofiais i fy hun braidd achos bod gen i gymaint o archebion am yr holl ffrogiau yma. O ferched, rydych chi'n annwyl iawn yn bodloni rhannu. Bydd popeth yn iawn, cewch chi weld.'

'Bydd. Byddwn ni'n cyd-dynnu'n iawn,' meddai Indeg. 'Ond i Owena beidio â mela â fy mhethau i a'm hala i'n ddwl.'

'Down ni i ben, Mam,' meddwn i. 'Ond i Indeg beidio â dweud y drefn a rhoi gorchmynion i mi drwy'r amser.'

Roedd Dad yn hir cyn dod yn ôl. Clywson ni fe'n mynd i'r stafell ymolchi'n gyntaf. Pan ddaeth yn ôl i Ffau Wena o'r diwedd, roedd wedi golchi ei wyneb a brwsio ei wallt felly doedd dim ôl ei fod wedi bod yn llefain o gwbl. Daeth e â beiro'r un i ni ac un iddo fe ei hun, ac yna dringodd i'r bync uchaf rhyngon ni.

'Nawr, gadewch i ni wneud braslun o'r stafell wely newydd hyfryd yma,' meddai Dad. 'Dwi'n credu efallai y bydd angen silffoedd newydd a chwpwrdd newydd arnoch chi.'

'O *bydd*, Dad!' cytunodd Indeg.

'Wel, cewch chi'ch dwy fod yn gynllunwyr, a chaf i weld beth gallaf i ei wneud,' meddai Dad. 'Wyt ti'n fodlon fy helpu i i'w peintio nhw, Wena?'

'Wrth gwrs, Dad,' meddwn i.

Es i'n agos ato a rhoddodd e ei fraich amdanaf. Roedd e'n ymddwyn fel petai popeth yn hollol iawn nawr. Gwenais arno a gwenodd yntau'n ôl arnaf i, ond roedd ei lygaid yn dal i edrych yn drist.

Roeddwn i'n teimlo'n drist hefyd, achos roeddwn i'n casáu'r syniad o golli fy Ffau Wena hyfryd, gyfforddus a phreifat. Ond roedd Indeg wrthi nawr, yn cynllunio stafell wely newydd, ac roedd Mam wrth ei bodd, yn canu'n hapus wrth iddi fynd yn ôl at ei gwaith gwnïo.

Ceisiais fod yn rhan o'r gwaith o gynllunio'r stafell binc golau a phinc neon a du yma, ond roedd Indeg yn rheoli *popeth*. Tynnais lun fy nghadair yn y cynllun, a sgriblodd hi drosti i gyd. Efallai mai *dyna*'r peth gwaethaf am fy chwaer – mae hi'n mynnu bod yn fòs ar bopeth.

'Dydyn ni *ddim* yn cael yr hen gadair ofnadwy honna,' meddai Indeg. 'Cawn ni gadeiriau *newydd*.'

'Gan bwyll, dwi ddim yn credu y gallwn ni fforddio dodrefn newydd, ferched,' meddai Dad.

'Wel, byddai hi'n well gen i fynd heb gadair na chael yr hen beth ych a fi yna'n llenwi'r lle. *Dwi*'n gwybod, gallai Mam gael defnydd melfed du o'r farchnad a gallen ni wneud clustogau enfawr meddal i eistedd arnyn nhw,' meddai Indeg.

'Syniad ardderchog!' meddai Dad.

Roeddwn *i* eisiau meddwl am syniad ardderchog, ond doeddwn i ddim yn gwybod llawer am hen stafelloedd gwely diflas. Tynnais lun Wena Wych yn ei ffau yn lle hynny. Roedd hi'n byw mewn stafell ar ei phen ei hun, ac roedd ganddi wely enfawr roedd hi'n ei rannu gyda'i chathod a'i chŵn i gyd. Roedden nhw i gyd yn gallu siarad, a gallai'r cathod hedfan a gallai'r cŵn redeg yn gynt na theigrod, hyd yn oed y Chihuahua bach lleiaf. Doedd Wena ddim yn ffwdanu gyda phethau diflas fel cypyrddau dillad achos roedd hi'n gwisgo'r un diwnig las a theits coch a chlogyn oren drwy'r amser. Ac *yn sicr* doedd hi ddim yn gwisgo colur neu'n ffwdanu gyda'i gwallt, felly doedd dim angen drych arni.

Tynnais lun trampolîn iddi i lenwi peth o'r gofod gwyn, ond wedyn roedd rhaid i mi wneud twll bach twt yn y nenfwd fel na fyddai hi'n bwrw ei phen.

'Allwn ni gael trampolîn pitw bach yng nghanol ein stafell newydd ni?' holais.

'O, Wena, paid â bod yn *dwp*! Trampolîn! Does neb yn rhoi trampolîn mewn *stafell wely*,' meddai Indeg yn llawn dirmyg.

'Allaf i ddim gweld pam lai. Byddai e'n wych. *Allen* ni gael trampolîn, Dad?'

'Dwi ddim yn credu y byddai'r llawr yn dal, Wena,' meddai Dad. 'Cawn ni weld am drampolîn i'r ardd – pan fydd ychydig bach yn fwy o arian gyda ni i'w sbario.'

Tynnais lun trapîs i Wena hefyd; roedd hi'n dwlu ar hwnnw. Dysgodd hi wneud y triciau mwyaf anhygoel achos roedd hi'n gallu hedfan yn barod, felly doedd arni ddim ofn cwympo.

'Allen ni gael trapîs yn ein stafell newydd ni?' gofynnais.

'Rwyt ti *mor* dwp, Wena. Dwi'n credu dy fod ti'n gwneud hyn yn fwriadol! *Trapîs!*'

'Rhywbeth dan do yw trapîs. A fyddai e ddim yn cymryd gormod o le. Gallet ti ei roi e'n sownd wrth y nenfwd, oni allet ti, Dad? A gallwn i wneud pob math o driciau arno!'

'Wyt ti'n cofio beth ddigwyddodd pan wnest ti bob math o driciau ar y siglenni yn y parc?' meddai Dad yn dyner.

Rhedais fy mys dros y darn anwastad ar fy mhen lle roeddwn i wedi cael pwythau.

'Dydy hi ddim yn deg os na allaf i gael *unrhyw beth* dwi eisiau yn y stafell wely yma,' meddwn i.

'Ond dim ond pethau twp rwyt ti eisiau,' meddai Indeg gan liwio'n hapus gyda fy mhen ffelt pinc.

'Esgusoda fi, fy mhen ffelt *i* yw hwnna. Mae angen i mi gadw'r lliw yna'n arbennig achos weithiau mae Wena yn hedfan fry i'r stratosffer i'r blaned binc ryfedd yma i roi trefn ar yr holl bobl bach binc ryfedd,' meddwn i.

Rholiodd Indeg ei llygaid. '*Ti* yw'r un hollol ryfedd, Owena. Dwi ddim yn edrych ymlaen at rannu stafell gyda ti. Dwi'n siŵr ryw ddiwrnod y byddaf i'n dihuno a gweld dy fod wedi troi'n wyrdd gyda chyrn gwyrdd yn tyfu allan o dy ben di,' meddai, gan ddal ati i liwio.

Cyrhaeddodd hi'r siâp gwely roedd hi wedi'i osod yn ei chynllun. 'Pa liw gaf i i'r gorchudd cwilt? Pinc golau a phinc tywyll – neu binc llachar a du?'

'Dwi'n mynd i gael Marian y Morfil, ac mae hi'n borffor ac yn wyrddlas,' meddwn i.

'*Beth*? Dwyt ti ddim yn cael yr hen beth ofnadwy yna yn fy stafell wely i!'

'Ein stafell wely *ni* yw hi – a phaid â'i galw hi'n hen ac yn ofnadwy, byddi di'n brifo ei theimladau hi,' meddwn i, gan godi Marian a'i lapio amdanaf.

'Fy ngwely *i* yw e. A wn i ddim beth dwi'n mynd i'w wneud achos dwi ddim eisiau i *ti* fod

ynddo fe, gyda dy anifeiliaid esgus brwnt. Dydy e ddim yn ddigon mawr beth bynnag. Bydd rhaid i ti wneud dy wely dy hun, yr un peth â f'un i,' meddai Indeg.

'Mae gwelyau bync gyda fi, y dwpsen,' meddwn i.

'Dwyt ti ddim yn cael gwelyau bync yn fy stafell i! Maen nhw'n llawer rhy fabïaidd. Dim ond plant bach sydd â gwelyau bync. Byddan nhw'n difetha'r ffordd mae'r stafell yn edrych.'

'Rhowch y gorau i gecru, y ddwy ohonoch chi,' meddai Dad, wrth wneud braslun o'r uned silffoedd. 'Dwi wedi dweud wrthoch chi, allwn ni ddim fforddio dodrefn newydd.'

'Elli di ddim *gwneud* gwely newydd i ni, Dad?' meddai Indeg.

'Dwi'n gallu gwneud tipyn o bopeth – ond dwi ddim yn credu y gallwn i,' meddai Dad. 'Mae digon o waith yn mynd i fod gyda fi fel mae hi. Dwi'n credu y gallen ni gael un wal gyfan ar gyfer silffoedd a chypyrddau. Dylai hynny roi llawer o le i'r ddwy ohonoch chi.'

Ond pan aethon ni ati i fesur yn nes ymlaen y bore hwnnw, gwelon ni nad oedd digon o le i wely Indeg *a* fy ngwelyau bync i. Wel, *bydden* nhw'n ffitio fwy neu lai, ond bydden nhw wedi'u gwasgu wrth ei gilydd a byddai'n rhaid i ni gerdded wysg ein hochor o'u cwmpas nhw.

'Fyddai hi ddim yn gwneud synnwyr i gael y gwely *a'r* gwelyau bync beth bynnag,' meddai Mam. 'Mae'n amlwg beth mae'n rhaid i ni ei wneud. Fe dynnwn ni wely Indeg yn ddarnau a'i gadw fe yn rhywle a chadw'r gwelyau bync yn unig yn y stafell.'

'Hwrê!' meddwn i.

'Na, mae hwnna'n syniad *ofnadwy.* Dwi'n casáu gwelyau bync. Byddan nhw'n difetha holl *gysyniad* fy stafell! Dwi wedi cael llond bol!' cyhoeddodd Indeg, gan blygu ei breichiau'n flin. Efallai mai *dyna*'r peth gwaethaf am fy chwaer: mae hi'n gwneud môr a mynydd o bopeth.

'*Och a gwae, mae'r byd yn dod i ben! Och a gwae, dwi wedi cael llond bol*!' gwawdiais, gan ei dynwared hi.

'Cau dy geg! O, Mam, plîs, dyma'r syniad gwaethaf yn y byd. Fydd e byth yn gweithio!' meddai Indeg.

Roedd hi'n teimlo'n rhydd i greu helynt achos roedd Dad wedi mynd i B&Q i nôl rhywbeth i olchi waliau ffau Wena cyn dechrau peintio.

'Dyna ddigon,' meddai Mam. 'Rydych chi'ch dwy wedi gwneud penderfyniad. Beth am gadw ato fe? Dwi ddim yn fodlon i chi ddadlau o hyd fel hyn, yn enwedig o flaen eich tad. Gwelsoch chi pa mor drist roedd e.'

'Wel, dwi ddim eisiau iddo fe fod yn drist, ond mae'n ddwl fod ganddo fe'r stafell gyfan lawr llawr ar gyfer ei asiantaeth deithio, a neb yn dod ato fe rhagor,' meddai Indeg, gan wthio ei gên allan. 'Pam nad yw e'n rhoi'r gorau iddi a rhoi cynnig ar rywbeth *arall*? Mae e mor anobeithiol.'

'Rhag dy gywilydd di! Mae e wedi gwneud ei orau, y ferch gas, hunanol ag wyt ti,' meddai Mam. 'Dydyn ni ddim wedi dweud wrthoch chi ferched bob tro, ond mae e wedi gwneud cais am ddwsinau o swyddi eraill mewn siopau a swyddfeydd, ond naill ai mae eisiau rhywun iau arnyn nhw neu dydy'r cymwysterau iawn ddim ganddo fe. Mae e'n gwneud ei orau glas. Nid fe sydd ar fai achos bod dim swyddi. Mae'n poeni ei hunan yn dwll. Rydyn ni'n brin iawn o arian, Indeg. Nawr bod cyfle i mi wneud ychydig o arian ychwanegol i'r teulu, efallai y gallwn ni ddechrau clirio ein dyledion – ond does dim pwynt mynnu hyn a'r llall. Gallwn ni fforddio tun neu ddau o baent, ychydig o ddefnydd, rhai darnau o bren. Dyna'r cyfan. Wyt ti'n deall?'

Nodiodd Indeg, a gwingo. Fel arfer dwi'n hoffi'r adegau prin pan fydd Mam yn dweud y drefn wrthi hi, ac nid wrtha i, ond roeddwn i'n teimlo'n ofnadwy hefyd. Roeddwn i'n casáu bod Dad wedi gwneud ei orau glas ac wedi methu. Roeddwn i'n casáu Indeg yn enwedig am ddweud ei fod e'n anobeithiol.

'Dydy Dad ddim yn anobeithiol,' meddwn i. 'Fe yw'r tad gorau erioed.'

'Dwi'n gwybod,' meddai Indeg. 'Paid â dweud wrtho fe fy mod i wedi dweud hynna, wnei di? Doeddwn i ddim yn ei feddwl e go iawn.'

'Dwi'n gwybod nad oeddet ti,' meddai Mam. 'Roeddet ti wedi cael llond bol, dyna i gyd. Mae *pawb* wedi cael llond bol achos mae pawb eisiau cael ei ffordd ei hun. Wel, mae'n ddrwg gen i, ond mae'n rhaid i bawb ddysgu cyfaddawdu.'

'Os caf i ddweud, Mam, mae hynny'n dân ar fy nghroen i achos dwyt *ti* ddim yn gorfod cyfaddawdu. Does dim rhaid i ti golli dy stafell arbennig. Rwyt ti'n *cael* un,' meddwn i.

'Un cyfaddawd *mawr* yw fy mywyd i. Fi sy'n gorfod coginio a golchi a glanhau a thacluso ar eich rhan chi i gyd. Mae'n rhaid i mi fynd allan i weithio yn yr ysgol, lle mae'r rhieni i gyd yn ffonio i wneud ffws a ffwdan. Pan fyddaf i'n cael gwnïo o'r diwedd, dwi wedi blino'n lân ac mae fy mhen i'n hollti. Ac i goroni'r cyfan mae gen i ddwy ferch wedi'u difetha sy'n achosi poendod i mi!'

Fy nhro i oedd ymddiheuro nawr. Dywedais o dan fy anadl ei bod hi'n ddrwg gen i – er na allaf i ddweud fy mod i wir o ddifrif. Aeth Mam i wneud rhagor o wnïo. Aeth Indeg yn ôl i'w stafell wely i ddechrau clirio go iawn.

Arhosais i yn Ffau Wena. Cwtsiais rhwng Marian a Neidiwr gyda fy llyfr braslunio. Edrychais ar gynllun Indeg. Efallai fod y stafell wely newydd yma i ni'n dwy, ond doedd hi ddim yn *edrych* fel fy stafell i o gwbl.

Tynnais lun fy ngwelyau bync gydag adenydd mawr ar bob ochr. Tynnais lun fy hunan yn sefyll ar y bync uchaf, yn dangos y ffordd, wrth i ni godi fry i'r awyr, gydag Wena yn hedfan yn gwmni wrth ein hochr.

Roeddwn i'n poeni am Dad, ond gan fod ganddo ddwy stafell i weithio arnyn nhw, cododd ei galon. Roedd bob amser wedi mwynhau gwneud gwaith yn y tŷ. Gan fy mod i'n henach, roedd e'n gwneud gwaith yn y tŷ gyda help Wena, ac roeddwn i'n mwynhau hynny.

Roeddwn i'n rhedeg adref o'r ysgol bob dydd ac yn gwisgo fy jîns gwaethaf a'r crys-T pinc gyda llun ci bach roeddwn i'n ei gasáu fwyaf, hen beth ar ôl Indeg. Cyn hir roedd cymaint o baent gwyn dros y ci bach, y cyfan oedd i'w weld oedd pawen binc fan hyn a chlust binc fan draw.

Aethon ni ati i wneud stafell wnïo i Mam gyntaf. Roedd hi'n rhyfedd gweld Ffau Wena'n diflannu. Bues i'n crio ychydig bach pan gafodd

 y gadair a'r gist ddroriau eu gwasgu i mewn i gefn y car a'u cludo i'r dymp. Roeddwn i'n casáu gorfod tynnu fy mhosteri Wena i lawr a'u rholio nhw'n dynn. Ond roedd y peintio'n hwyl *a hanner*. Dad wnaeth y nenfwd a'r darnau anodd, ond cefais i ddefnyddio'r rholiwr a rhoi paent ar lawer o'r waliau.

Roeddwn i eisiau tynnu llun arnyn nhw'n gyntaf. Roeddwn i bron â thorri fy mol eisiau gwneud portread enfawr o Wena Wych fel y byddai hi yno am byth o dan y paent, ond roedd Dad yn gwrthod gadael i mi. Dywedodd na ddylet ti byth dynnu llun ar waliau. Byddai Wena yn dechrau ymddangos drwy'r paent gwyn. Roeddwn i *eisiau* iddi ddod drwy'r paent ychydig, fel ysbryd. Wedi'r cyfan, fan hyn roedd hi wedi cael ei geni. Ond doeddwn i ddim eisiau creu helynt rhag i Dad fynd yn drist eto.

Pan oedd y paent yn sych, gosododd reilen o gwmpas pob un o'r pedair wal fel y gallai Mam hongian ei gwisgoedd ar ôl eu gorffen nhw. Allai hi ddim fforddio carped newydd felly roedd rhaid iddi lanhau fy un i. Roedd raid iddi ei wneud dro ar ôl tro, a hyd yn oed wedyn ddaeth *pob un* o'r staeniau ddim allan. Ond tynnodd hi fwrdd y peiriant gwnïo dros y darn gwaethaf. Rhoddodd hi ei drych mawr yn y gornel a Miss Dim Pen yn y llall. Corff i ffitio dillad arno oedd Miss Dim Pen. Fi oedd wedi rhoi'r enw iddi pan oeddwn i'n fach. Roeddwn i'n arfer chwarae gyda hi, ond mae rhoi personoliaeth i berson heb ben yn waith caled.

Roedd stafell wnïo Mam yn barod mewn tri diwrnod. Cawson ni seremoni agor fach gyda photel o win pefriog oedd yn rhad yn Aldi. Ces i un llymaid a chafodd Indeg ddau. Roeddwn i'n hoffi'r swigod ond doedd e ddim at fy nant.

Yna dechreuon ni ar stafell Indeg. Sylwaist ti fy mod i wedi dweud imi grio ychydig bach pan ddiflannodd Ffau Wena a phan gafodd fy nodrefn hyfryd eu taflu? Wel, mae Indeg fy chwaer ddwy flynedd a hanner yn henach na fi, ond buodd hi'n llefain *y glaw* pan dynnodd Dad ei hen wely twp yn ddarnau. Doedd e ddim hyd yn oed yn cael ei daflu, dim ond yn cael ei gadw yng nghefn y garej. Esgusodwch fi – *mwy* na llefain y glaw. Llefodd Indeg ddigon o law i greu storm. Gallai hi fod wedi llenwi pwll nofio gyda'i dagrau. Roedd hi'n ddiddiwedd. 'O, fy ngwely bach annwyl! . . . Dwi'n gwybod na chysgaf i'n iawn byth eto! . . . O, *pam* mae'n rhaid i mi gael gwelyau bync ofnadwy Wena'n llenwi fy stafell?' Efallai mai *dyna'r* peth gwaethaf am fy chwaer: mae hi'n hen fabi.

Mae'r cyfan mor annheg, achos eisteddodd Mam a Dad gyda hi a rhoi cwtshys mawr iddi a dweud ei bod hi'n *ddewr* iawn!

'Dwi ddim yn deall y peth! Pam mae Indeg yn *ddewr*? Rhag ofn eich bod chi wedi anghofio, *fi* sydd wedi colli fy stafell gyfan, nid dim ond hen wely twp!' meddwn i'n ddig.

'Dwi'n gwybod, Owena, ond mae sut mae pethau'n edrych yn bwysig iawn i Indeg. Mae hi'n benderfynol fod y stafell wely yma'n edrych yn berffaith,' meddai Mam. 'Dwi'n gallu deall.'

'Wel, *dwi* ddim. Dad, dwyt ti ddim yn meddwl bod Indeg yn gwneud môr a mynydd o'r peth? Fues *i* ddim yn llefain, do fe? Wel, braidd dim,' meddwn i.

'Dwi'n gwybod, Gwrlen, rwyt tithau wedi bod yn ddewr iawn hefyd – ond dydy sut mae pethau'n edrych ddim mor bwysig i ti.'

'Ydy mae e! Yn bwysig iawn!'

'Owena, roeddet ti'n ddigon hapus yn byw yng nghanol pentwr o sothach, gyda dodrefn yn cwympo'n ddarnau a dim cynllun lliwiau amlwg o gwbl,' meddai Mam.

'Ond dyna fel roeddwn i eisiau iddo fe fod! Fy Ffau Wena i oedd hi – a dwi'n gweld ei heisiau hi'n fawr,' meddwn i.

Yn sydyn sylweddolais *cymaint* roeddwn i'n gweld eisiau fy ffau hyfryd, gyfforddus, braf, lle gallwn gwtsio gyda fy hoff anifeiliaid i gyd a thynnu llun Wena mewn tawelwch. Dechreuais grio. Allwn i ddim  peidio. Daeth *ton o alar* drosto i, wir, ond roedden nhw'n gwrthod fy nghredu.

'Rho'r gorau i'r sŵn dwl yna, Owena. Rwyt ti'n ei wneud e i dynnu sylw oddi wrth Indeg,' meddai Mam.

'Dere nawr, Gwrlen, cau'r tap dŵr,' meddai Dad.

Roeddwn i eisiau mynd i guddio o dan fy ngwelyau bync, ond allwn i ddim, achos eu bod nhw yn stafell Indeg nawr, ac roedd carped blewog pinc ofnadwy yn fy nghuddfan dywyll hyfryd, ac arogl rhosynnau chwydlyd o felys ym mhobman.

'Does gen i ddim *cartref* rhagor,' llefais. 'A does dim un gan Marian a Neidiwr a Nerys a

Poli a Ceffyl Brith a Gee Ceffyl Bach a Siwgr Lwmp a Coesau Chwim a Dant y Llew a Seren.'

'Paid â bod yn gymaint o fabi, Owena. Rwyt ti'n mynd yn rhy hen i'r holl anifeiliaid twp yma,' meddai Mam.

'Pwy yw Derfel?' meddai Dad.

'Fy nraenog i,' snwffiais. 'Ac mae e'n llwgu i farwolaeth achos bod dim malwod yn y stafell hon. A beth am *Wena*?'

'Mae hi'n saff yn dy ben di, y twmffat,' meddai Dad. 'Beth am nôl dy lyfr braslunio a thynnu lluniau ohoni am dipyn er mwyn ymdawelu?'

'Ie, dyna beth arall. Ble rydw i'n mynd i roi fy mhosteri o Wena?' meddwn i, gan edrych o'm cwmpas yn wyllt.

'Dwyt ti ddim yn rhoi'r posteri llawn sgribls dwl yna ar fy mhapur wal pinc i!' gwaeddodd Indeg.

'Ydw, 'te!'

'Nac wyt, Owena, fe ddifethaist ti dy waliau dy hun gyda thâp Selo a Blu Tack. Dwi eisiau i'r stafell hon fod yn daclus,' meddai Mam.

'Dydy hynny ddim yn deg! Rwyt ti bob amser yn ochri gydag Indeg ar bopeth! Wn i ddim pam ffwdanoch chi gael ail ferch. Rydych chi'n ei charu hi ddwywaith cymaint ag rydych chi'n fy ngharu i.'

'Hei, hei, gan bwyll nawr, Wena! Rwyt ti'n siarad dwli. Rydych chi'n gwybod ein bod ni'n eich caru chi'ch dwy yr un fath. Edrych, dwi'n gwybod dy fod ti'n drist am dy anifeiliaid a'r posteri – a dwi'n mynd i wella pethau i ti, dwi'n addo. Dechreuais i ar yr uned silffoedd heddiw. Dwi'n ei hadeiladu hi yn y garej. Dwi'n gwneud cwpwrdd arbennig yr un i chi, a llawer o silffoedd hefyd – a gallwch chi gael bwrdd corc ar bob pen i osod posteri neu ffotograffau – fel mynnwch chi.'

'Fydd dim digon o le i *bob un* o'r posteri Wena sydd gyda fi,' meddwn i o dan fy ngwynt. 'A dydy fy anifeiliaid i ddim eisiau byw mewn cwpwrdd. Mae eu rhoi nhw mewn caets yn greulon. Maen nhw eisiau crwydro'n rhydd.'

Allwn i ddim crwydro'n rhydd yn stafell Indeg. Roeddwn i'n teimlo fel petawn i'n mogi. Arhosais ar fy ngwely bync gyda'r anifeiliaid a'r stwff tynnu lluniau i gyd tra oedd Indeg a Mam yn dal ati i wneud i'r stafell fod yn waeth ac yn waeth.

Cafodd Mam ddefnydd du sidan gyda blodau pinc llachar drosto a'i droi'n ddau orchudd i'r cwiltiau a chasys gobenyddion ar gyfer fy ngwelyau bync hyfryd i. Doeddwn i ddim wedi hoffi fy nillad gwely coch a gwyn cymaint â hynny, ond o leiaf roedden nhw'n *teimlo*'n iawn. Roedd y rhai newydd yma'n llithrig i gyd ac yn codi cryd arnaf i.

Prynodd Mam yr holl stwff newydd yma i Indeg hefyd, er ein bod ni i fod yn dlawd nawr. Prynodd hi fat du blewog a stôl binc lachar i fynd gyda bwrdd gwisgo Indeg. Prynodd hi ganhwyllyr du iddi hyd yn oed! Dim ond un bach oedd e, gydag ychydig o ddarnau bach disglair yn hongian oddi arno, ond rwy'n siŵr ei fod wedi costio tipyn.

'O, Mam, mae e'n hudol!' meddai Indeg.

Syllais i fyny ar y canhwyllyr du a dymuno ei *fod* e'n hudol, go iawn. Efallai y byddai'n dechrau chwyrlïo ac yn gwneud i bopeth fod yn iawn. Byddwn i'n ôl yn Ffau Wena annwyl. Gallai Indeg gael ei hen stafell wely binc iddi hi ei hun. Yn sydyn byddai Dad yn cael swydd wych newydd fel y gallai Mam wnïo lawr llawr. Byddai fy anifeiliaid i gyd yn troi'n rhai go iawn drwy'r amser. A byddwn i'n troi'n Wena ac yn camu'n fras i'r ysgol ac yn troi Beca a Nia yn llyffantod dafadennog hyll – ac os na fydden nhw'n ofalus, byddwn i'n sathru arnyn nhw.

Roedd Beca a Nia'n gas iawn wrtha i. Roedd ganddyn nhw lysenw newydd i mi: *Pryfyn glas*, oherwydd y ffrog las roeddwn i wedi'i gwisgo ym  mharti Alys. Roedden nhw'n gweiddi ar fy ôl i bob cyfle.

Doedd e ddim yn *ddoniol* neu'n *ddifyr* neu'n *wreiddiol* o gwbl, ond roedden nhw bob amser yn udo chwerthin wrth ei ddweud. Roeddwn i'n rhoi'r argraff nad oedd taten o ots gen i, er bod mewn gwirionedd. Ac yna dechreuodd Alys ofnadwy fy ngalw i'n Bryfyn glas hefyd, achos mae hi bob amser yn ceisio plesio Beca a Nia. Roeddwn i bron yn disgwyl iddi *hi* wneud hynny, ond cefais sioc pan ddeallodd hanner y dosbarth a'm galw i'n Bryfyn glas hefyd. Doedd y rhan fwyaf ohonyn nhw ddim yn gwybod *pam* hyd yn oed, achos doedden nhw ddim wedi bod ym mharti ofnadwy Alys.

'Paid â becso, Wena,' meddai Aneira, gan roi ei braich amdanaf. 'Ceisia eu hanwybyddu nhw.'

Hi oedd fy ffrind gorau arbennig iawn am byth, ac roedd hi'n deyrngar iawn i mi. Ond doedd hi'n dda i ddim am fy amddiffyn i yn erbyn Beca a Nia. Roedd Aneira'n dal iawn ac yn fawr iawn, felly byddet ti'n meddwl y byddai hi'n ferch ffyrnig, ymosodol – ond roedd hi fel oen. Roedd hi'n llefain os oedd rhywun yn gweiddi arni. Roedd Aneira'n ofni cymaint o bethau – mwydod, camu ar y craciau yn y palmant, cŵn oedd yn cyfarth, lifftiau, nofio, corynnod, ei modryb gas, gwersi mathemateg, danadl poethion . . . gallwn i lenwi'r *dudalen gyfan*. Roedd hi'n ofni Beca a Nia'n arbennig.

Roedd rhaid i mi ymladd fy mrwydrau fy hun. Doedd Nia ddim yn fy mhoeni ryw lawer.

Pan oedd Beca i ffwrdd o'r ysgol a brech yr ieir arni, roedd Nia bron yn *neis*. Doedd hi ddim yn pigo ar neb, neu'n galw enwau arnyn nhw, neu'n ffroeni ac yn dweud eu bod nhw'n drewi. Buodd hi'n chwarae rownders gyda chriw ohonon ni amser cinio, a phan sgoriais i rownder, curodd hi fy nghefn a dweud fy mod i'n wych. Ond cyn gynted ag y daeth Beca yn ôl i'r ysgol, aeth Nia'n gas eto. Hyd yn oed yn *gasach*. Y tro nesaf i ni chwarae rownders gyda'n gilydd, gwthiodd Nia fi'n galed wrth i mi redeg heibio, a chwympais i'r llawr a chael fy nal allan. *Gwelodd* pawb hyn, ond doedd neb yn mentro dweud dim.

Doedd Beca byth yn gwthio neb, ond rywsut hi oedd yr un fwyaf brawychus. Doedd hi ddim yn *edrych* yn frawychus. Un fach oedd hi, gydag wyneb pert a gwallt du hir a sgleiniog – ond yn ei cheg fach fel rhosyn, roedd tafod mor awchus â chyllell.

Penderfynais fod yn rhaid i mi fod yn barod fy nhafod hefyd. Meddyliais am y ffordd roedden nhw'n fy ngalw i'n Bryfyn glas. Doeddwn i ddim yn gwybod llawer am y pryfyn glas, felly es i'r llyfrgell amser cinio. Roedd hi'n braf cael rhywle i fynd. Allwn i ddim aros gydag Aneira achos doedd hi ddim yn aros yn yr ysgol i gael cinio. Roedd hi'n mynd adref, y ferch lwcus. Doeddwn i ddim yn teimlo fel chwarae rownders na dim byd arall, ddim gyda'r plant yn fy ngalw i'n Bryfyn glas.

Mrs Griffiths oedd yn y llyfrgell. Roeddwn i'n *dwlu* ar Mrs Griffiths. Roedd hi'n fenyw fawr, feddal oedd yn gwenu o hyd ac roedd ganddi lygaid glas iawn y tu ôl i'w sbectol. Nid athrawes ddosbarth oedd hi, roedd hi'n gofalu am blant ag anghenion arbennig. Roeddwn i bob amser yn meddwl mor hyfryd fyddai cael cwtsio gyda Mrs Griffiths ac edrych ar lyfrau stori a llun gyda'n gilydd a lliwio gyda chreonau cwyr, yn lle gorfod eistedd yn syth yn y dosbarth a gwneud symiau anodd a chael Beca a Nia yn pwtio fy nghefn.

'Helô, Wena,' meddai Mrs Griffiths, gan wenu.

Dyna beth rhyfeddol arall amdani hi. Roedd hi'n gwybod enwau pawb, er nad oedd hi'n ein dysgu ni.

'Am beth rwyt ti'n edrych heddiw? Dwi wedi gweld llyfr newydd gwych am eirth gwyn a phengwiniaid – ac mae hen lyfr comics hyfryd ar y silff draw fan yna.'

Mae Mrs Griffiths yn gwybod *yn union* y math o lyfr dwi'n ei hoffi.

'Dwi'n credu yr hoffwn i weld y ddau, Mrs Griffiths – ond a dweud y gwir dwi wedi dod yma i chwilio am rywbeth yn y geiriadur,' meddwn i.

'Wir, Owena? Ardderchog! Wel, mae amrywiaeth dda o eiriaduron draw fan hyn, er eu bod nhw braidd yn llychlyd. Does neb fel petaen nhw'n edrych ar eiriadur y dyddiau hyn. Dyma ni, cariad.'

Aeth hi â fi i eistedd wrth fwrdd bach a rhoddodd hi'r geiriadur mwyaf i mi – roedd e mor fawr, prin y gallwn i ei godi e. Dechreuais fynd drwy'r holl dudalennau P. Dilynais ambell ysgyfarnog, gan ddod o hyd i bob math o eiriau annisgwyl yno – hyd yn oed rhai *drwg*. Ond yna des o hyd i'r *pryfyn glas* gyda'r diffiniad: *Enw arall ar y pryfyn chwythu*. Wedyn roedd rhaid edrych yn uwch ar y dudalen ac edrych i lawr y rhestr am bryfyn chwythu, a dyna lle roedd e. *Unrhyw un o'r pryfed â dwy aden sy'n perthyn i'r genws* Calliphora *a genera cysylltiedig sy'n dodwy eu hwyau mewn cig pwdr, tail, celanedd a chlwyfau agored.*

Felly dyna ni. Doedd dim syniad gyda fi beth

oedd ystyr o leiaf bump o'r geiriau yna, ond doeddwn i ddim eisiau treulio'r amser cinio i gyd yn edrych drwy'r geiriadur, felly ysgrifennais y diffiniad. Roedd rhaid i mi fenthyg pen inc Mrs Griffiths, ond bues i'n ofalus iawn, heb wasgu'n rhy galed, a'i roi'n ôl iddi'n syth. Yna gofynnais iddi ddangos y llyfrau roedd hi wedi sôn amdanyn nhw i mi. Roedden nhw'n wych, a chefais fenthyg y ddau.

Es i guddio mewn cornel o'r coridor; doeddwn i ddim eisiau wynebu Beca a Nia eto. Roedd angen i mi baratoi. Darllenais am eirth gwyn a phengwiniaid, ac yna edrychais ar y llyfr comig rhyfeddol yma am fachgen o'r enw Nemo Bach. Cynlluniais antur newydd i Wena Wych yn y gogledd rhewllyd. Gallai hi fod yn frenhines ar gnud gyfan o eirth gwyn, a chadw haid o bengwiniaid doniol fel anifeiliaid anwes arbennig i nofio gyda nhw. Fel arfer roeddwn i'n gwneud anturiaethau Wena mewn blychau bach sgwâr, ond roedd comig Nemo Bach wedi dangos ffordd arall i mi eu tynnu.

Roeddwn i'n bwriadu sleifio i mewn i'r stafell ddosbarth a chael gafael ar ddarn o bapur a beiro rhywun i wneud braslun, ond dyma Mam – o bawb – yn dod ar frys ar hyd y coridor, gan lusgo rhyw blentyn bach o'r Babanod oedd wedi bod yn sâl dros ei ddillad i gyd. Doedd Mam ddim yn edrych yn hapus iawn am y peth, ac roedd hi'n edrych hyd yn oed yn llai hapus o fy ngweld i.

'Wir, Owena, beth rwyt ti'n ei wneud yn cuddio fan hyn? Rwyt ti'n gwybod yn iawn nad wyt ti i fod yn y stafelloedd dosbarth amser cinio,' meddai hi.

'Mae'n ddrwg gyda fi, Mam – roeddwn i yn y llyfrgell a –'

'Mae'n ddrwg gyda fi, Mrs Morgan,' meddai Mam. Mae'r rheol ddwl yma ganddi fod rhaid i ni ei galw hi'n hynny yn yr ysgol.

'Nawr i ffwrdd â ti, yn syth.'

'Does dim digwydd bod beiro sbâr gyda ti, oes e, Mam – Mrs Morgan?' gofynnais.

'Plîs, dwi'n credu fy mod i'n mynd i fod yn dost *eto*!' meddai'r plentyn bach.

'O'r Mawredd! Dere i'r toiledau, yn glou! Owena, cer *mas*,' meddai Mam.

Roedd rhaid i mi aros tan i mi gyrraedd adref cyn dechrau ar antur newydd ryfeddol Wena. Roedd Aneira wedi benthyg beiro arall i mi, er mwyn i mi allu dechrau arni'n syth. Gwnes

i'r darluniau i gyd mewn gwahanol feintiau, gyda'r cymeriadau'n gwthio braich neu goes neu bawen neu big allan o'r brif ffrâm. Gwnes i arth wen *anferthol*, mor dal â'r dudalen i gyd, ac yna ffrâm lorweddol hir, gul iawn o bengwiniaid bach yn cerdded ar draws yr eira. Yna ar y dudalen nesaf roedd Wena'n llithro i lawr rhewlif enfawr o'r gornel uchaf ar y chwith yr holl ffordd i'r gornel waelod ar y dde.

Rhedais allan i'r garej i ddangos i Dad. Roedd e wrthi'n brysur yn rhoi'r holl ddarnau o'n silffoedd a'n cypyrddau newydd ni at ei gilydd.

'Helô, Wena,' meddai, ond edrychodd e ddim i fyny, hyd yn oed.

'Helô, Dad, edrych ar fy antur newydd i Wena!'

'Byddwn i wrth fy modd, Gwrlen, ond ddim ar hyn o bryd. Dwi braidd yn brysur.'

'O, Dad, gad i mi ddangos i ti. Dwi wedi dod yn dda iawn am dynnu llun eirth gwyn –

a'r pengwiniaid bach mwyaf annwyl erioed – edrych!'

'Ie, ie, byddwn i wrth fy modd yn eu gweld nhw, ond y drafferth yw, dwi'n trio rhoi trefn ar eich silffoedd chi. Maen nhw fel pos jig-so enfawr a dwi braidd yn sownd ar hyn o bryd.'

'Paid â phoeni, Dad, helpa i di,' meddwn i, gan blygu i lawr a chodi sawl darn o bren.

'Paid â'u symud nhw! O na, newydd orffen y darn yna ydw i!'

'Sori!'

'Cer i rywle arall nawr, Owena, dyna ferch dda,' meddai Dad.

Felly dyna wnes i. Es i chwilio am Mam yn lle hynny, ond roedd hi yn ei stafell wnïo newydd sbon gydag Indeg. Roedd Mam yn brysur wrth ei pheiriant gwnïo, yn gwneud ffrog blodyn. Roedd y  sgert yn betalau coch llachar i gyd a'r rhan uchaf o felfed du. Roedd Indeg yn eistedd fel teiliwr ar y llawr yn gwnïo siâp melfed mawr llachar.

'Beth yw hwnna, Indeg?'

'Clustog feddal i'n stafell ni yw e,' meddai hi'n falch.

'O,' meddwn i, gan golli diddordeb yn syth. 'Edrych ar antur newydd Wena!'

'Dim diolch,' meddai Indeg. 'Ti a dy hen gomics Wena twp. Maen nhw i gyd yr un peth. Fersiwn fawr o ti yw hi, yn hedfan fan hyn a fan draw.'

'Dydyn nhw *ddim* i gyd yr un peth. Yn enwedig ddim yr un newydd. Mae hi'n cael antur ym Mhegwn y Gogledd, ac mae eirth gwyn a phengwiniaid – edrych! Dwi'n siŵr nad wyt ti'n gallu tynnu llun eirth gwyn a phengwiniaid.'

'Fyddwn i eisiau gwneud ta beth?' meddai Indeg, gan ddal ati i wnïo.

'Edrych di, Mam,' meddwn i.

'Mewn munud, cariad. Mae'n rhaid i mi wnïo'r rhan uchaf yma wrth y sgert a dwi wedi cyrraedd man anodd iawn,' meddai Mam.

Ochneidiais yn ddwfn a cherdded yn benisel i'm stafell. Ond nid fy stafell i oedd hi, stafell binc Indeg oedd hi gyda fy ngwelyau bync i wedi'u gwasgu mewn cornel, a'm pethau i gyd mewn blychau cardfwrdd tan i'r uned silffoedd gael eu gorffen. Roeddwn i wedi mynnu bod pennau fy anifeiliaid i gyd yn edrych allan o'r blwch iddyn nhw gael anadlu'n iawn.

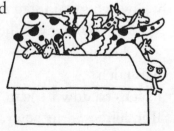

'Edrychwch, bawb,' meddwn i, gan eistedd

wrth y blwch mwyaf. 'Ydych chi eisiau gweld comig newydd Wena?'

Doedden nhw ddim yn gallu ei weld yn iawn, yn sownd mewn blwch fel yna. Doedd Marian y Morfil ddim yn gallu cael cip oherwydd roedd hi'n dorch reit ar waelod y blwch. Clywais hi'n galw'n drist arna i, gan wneud synau clician a brefu.

'Mae'n bryd i ti godi i'r wyneb, Marian,' meddwn i, er fy mod i wedi addo cadw fy nheganau i gyd yn daclus yn eu blychau tan i Dad orffen yr uned silffoedd. Ond roedd e'n cymryd oes, ac roedd fy nghreaduriaid bach yn *ysu* am ddod allan. Trois y blwch ben i waered yn gyflym, a rhuthrodd pawb allan yn hapus.

Gadewais iddyn nhw ymarfer ychydig i ymestyn eu coesau a'u breichiau blinedig. Carlamodd fy ngheffylau ar draws y paith mawr pinc, rholiodd Neidiwr i gornel dywyll, llamodd Marian yn syth allan o'r cefnfor a pheswch llawer, llithrodd Nerys ar hyd y jyngl du, chwiliodd Derfel am falwod blasus o dan y bwrdd gwisgo, a lledodd Poli ei hadenydd a hedfan fry i'r blaned ddu uwchben. Rhoddodd hi ergyd i'r blaned nes iddi fynd yn gam. Roeddwn i'n gobeithio'n fawr nad oedd hi wedi gwneud difrod mawr iddi hi.

'Dyna ni, bawb, rhyddid o'r diwedd,' meddwn i. 'O'r gorau, dangosaf i antur ddiweddaraf Wena i chi. Byddwch chi'n dwlu arni. Mae'n llawn dop o anifeiliaid – eirth gwyn ffyrnig anhygoel a phengwiniaid bach doniol – ac mae Wena'n achub y dydd, fel arfer.'

Penliniais yng nghanol y stafell a darllen y cyfan yn uchel iddyn nhw, gan ddangos pob llun, a gwneud y lleisiau gwahanol, y rhuo a'r cwacian ac ati. Roeddwn i wedi ymgolli cymaint, chlywais i mo Indeg yn cerdded ar hyd y landin i'r toiled. Ond clywodd *hi fi*.

'Rwyt ti'n swnio fel rhywun gwallgof!' meddai hi, wrth roi ei phen o gwmpas y drws. Yna dechreuodd weiddi. 'Beth rwyt ti'n ei *wneud*? Mae dy hen anifeiliaid brwnt di dros fy stafell i i gyd!'

'Mae hi'n stafell wely *i mi* hefyd nawr. Dim ond dweud stori wrthyn nhw rydw i. Roedden nhw wedi diflasu, yn sownd yn y bocs yna.'

'Rwyt ti'n wallgof ac yn rhyfedd! Rho nhw'n *ôl*!' gwaeddodd Indeg, gan eu casglu nhw a'u taflu nhw bendramwnwgl yn ôl yn y blwch.

'Paid! Rwyt ti'n gwneud dolur iddyn nhw!' meddwn i.

'Paid â bod yn dwp. Sut gallan nhw gael dolur? Dim ond hen ddarnau o ddefnydd a phlastig ydyn nhw. A beth yn y byd yw *hwn*?' Cydiodd Indeg yn Derfel druan a syllu arno. 'Ro'n i'n *meddwl* tybed i ble'r aeth y brwsh gwallt yna – dwi wedi bod yn chwilio ym mhobman amdano fe. *A'r* grib. Edrych beth rwyt ti wedi'i wneud i'r brwsh – mae e'n hollol ffiaidd!'

'Fy nraenog i yw e nawr.'

'Nage, fy *mrws gwallt* i yw e.' Dechreuodd hi ymosod ar Derfel, gan dynnu ei gorff bach meddal oddi wrth ei bigau.

'Paid, rwyt ti'n ei frifo fe'n ofnadwy!' meddwn i, gan geisio cydio ynddi.

'Paid â meiddio cyffwrdd â mi! Dydyn ni ddim yn cael ymladd, rwyt ti'n gwybod hynny,' meddai Indeg.

'Dwi'n gwybod, ond does dim ots gyda fi,' meddwn i, a'i gwthio hi.

Dim ond gwthiad bach oedd e, ond roedd hi'n plygu drosodd a chollodd hi ei chydbwysedd. Syrthiodd hi'n ôl ar ei phen-ôl. Gwnaeth hynny iddi godi ei phen – a gwelodd hi Poli'n ceisio clwydo ar y golau cam.

'O na! Rwyt ti wedi torri fy nghanhwyllyr! Yr

hwch gas!' llefodd Indeg. 'Mam! Mam, edrych –
edrych beth mae Owena wedi'i wneud nawr!'

'Y clapgi!' meddwn i.

Roeddwn i'n gobeithio y byddai Mam yn rhy
brysur yn gwnïo i ddod i weld. Ond yn ofer.

'Beth rydych chi'ch dwy'n ei wneud nawr?'
galwodd yn grac, a dod i mewn i'r stafell wely.
'Ydych chi'n ymladd *eto*?' meddai. 'Beth ar y
ddaear rwyt ti'n ei wneud, Owena? Dywedais
i wrthot ti am gadw dy hen deganau i gyd yn y
blychau yna tan i Dad orffen y silffoedd.'

'Chaf i ddim *chwarae* nawr, hyd yn oed?'

'Wrth gwrs y cei di – ond chwarae
gyda dy anifeiliaid un ar y tro.'

'*Edrych*, Mam!' meddai
Indeg, a phwyntio i fyny'n llawn
drama.

Edrychodd Mam. 'O, Owena,
rwyt ti'n llond llaw, wyt wir!'
meddai hi.

'Mae hi wedi'i dorri fe!' llefodd Indeg. 'Yn
fwriadol.'

'Naddo ddim! Roedd eisiau rhywle ar Poli i
glwydo, dyna i gyd,' meddwn i.

'Peidiwch â gweiddi, y ddwy ohonoch chi,'
meddai Mam. 'Arhoswch fan hyn i mi nôl yr
ysgol risiau.'

'Rwyt ti wedi difetha fy stafell i'n barod,' meddai Indeg yn gas.

'Rwyt ti wedi difetha fy mywyd cyfan i,' atebais i.

'Rwyt ti wedi gwneud llanast ym mhobman,' meddai Indeg, *gan gicio* Nerys druan oddi ar y mat glas blewog.

'Gad lonydd iddi hi! Rwyt ti'n ei brifo hi!'

'Nid "hi" yw hi, dim ond bwndel o hen deits brwnt yw hi ac mae hi'n edrych yn ofnadwy.'

'Mae hi'n meddwl dy fod *ti*'n edrych yn ofnadwy – ac mae hi'n dy gasáu di am glepian. Gwylia nad yw hi'n sleifio allan yng nghanol y nos ac yn dirwyn ei hun o amgylch dy wddf a'th dagu di i farwolaeth!' bygythiais.

'Ie, ac mae'n well iddi *hi* wylio nad ydw i'n defnyddio fy siswrn miniog i dorri ei phen twp hi,' meddai Indeg.

Daeth Mam i'r stafell dan ochneidio gyda'r ysgol risiau. Dringodd y grisiau, dadfachu Poli a rhoi'r canhwyllyr yn ôl yn ei le.

'Dyna ni!' meddai. 'Popeth yn iawn, Indeg. Dydy e ddim wedi torri. Roedd angen ei sythu e, dyna i gyd.'

'Rwyt ti'n gweld!' meddwn i.

'Ond rhaid i ti beidio â rhoi dy barot i fyny ar

unrhyw lamp byth eto, Owena,' meddai Mam, gan ddod i lawr yr ysgol.

'Nid fi roddodd hi yno, hi hedfanodd yno,' meddwn i, gan estyn am Poli.

Daliodd Mam hi allan o'm gafael. 'Rho'r gorau i esgus nawr. Rwyt ti'n rhy hen i'r holl gêmau dwl yma. A gwranda, mae hi'n *beryglus* rhoi unrhyw degan wrth fwlb golau. Maen nhw'n mynd yn boeth iawn. Gallai dy hen barot di ruddo. Gallai hi fynd ar dân hyd yn oed,' meddai hi.

'O na! Chaiff hi ddim mynd yn agos at olau byth eto,' meddwn i, gan ei thynnu ataf a'i magu yn fy mreichiau.

'Rho'r holl anifeiliaid yna'n ôl yn y blwch a dere i helpu Indeg a fi i wnïo eich clustogau chi,' meddai Mam.

Doeddwn i ddim eisiau gwnïo hen glustogau twp, ond mynnodd Mam. Ces i ddarn mawr o felfed du a dangosodd hi sut dylwn i wnïo i fyny'r ochr.

'Yn daclus iawn, nawr,' meddai Mam. 'Edrych pa mor ofalus mae Indeg yn gwnïo ei chlustog hi.'

Tynnais fy nhafod ar Indeg pan blygodd Mam dros y ffrog blodyn. Yna dechreuais wnïo. A gwnïo a gwnïo a gwnïo. Roedd hyn yn anhygoel o ddiflas – tan i'r melfed du ddechrau symud a sylweddolais fod y glustog yn troi'n arth enfawr ddu. Allwn i ddim rhoi breichiau neu goesau neu ben go iawn iddi, ond cymerais ychydig o edau goch a gwnïo llygaid bach iawn a thrwyn a cheg mewn un gornel, felly roedd ganddi wyneb o leiaf.

Fi gadwodd y bync uchaf, wrth gwrs. Roeddwn i'n rhannu gyda Marian Morfil a Nerys a Hanner Derfel. Roeddwn i eisiau rhannu gyda phawb, ond roedd Neidiwr yn cymryd gormod o le ac roedd y ceffylau'n rhy galed ac roedd Poli'n fy mhigo o hyd.

Roedd Indeg ar y bync gwaelod gyda Baba. Roedd hi'n rhoi'r argraff ei bod hi'n ferch fawr, soffistigedig, ac yn troi ei thrwyn ar fy anifeiliaid i i gyd, ond roedd hi'n mynd â doli glwt i'r gwely gyda hi bob nos. Roedd y ddoli wir *yn* glytiog nawr ac roedd ei hwyneb pinc o ddefnydd tywel yn felyn gan henaint. Roedd Indeg yn cuddio Baba o dan ei gobennydd drwy'r dydd a dim ond amser gwely y byddai hi'n ei symud oddi yno, achos bod ei hangen hi arni i fynd i gysgu. Doedd Indeg ddim yn awyddus i aros dros nos gyda'i ffrindiau achos doedd hi ddim yn gallu mynd â Baba gyda hi rhag ofn iddyn nhw chwerthin am ei phen.

Ceisiodd Mam ei pherswadio hi i daflu Baba. Penderfynodd Indeg wneud hynny unwaith, a rhoi Baba yn y bin sbwriel – ond yng nghanol y nos, dechreuodd hi lefain, ac roedd rhaid i Dad fynd allan yn ei ŵn gwisgo a'i slipers i achub Baba cyn i'r lorri sbwriel ddod.

Daeth Mam a Dad i'n stafell ni i roi cusan nos da i ni. Cusanodd Dad Marian a Nerys a Hanner Derfel hefyd. Byddai e wedi cusanu Baba, ond roedd Indeg yn ei chadw o dan y cwilt. Doedd neb yn gwybod ei bod hi yno. Heblaw amdanaf i.

'Nos da, ferched. Cysgwch yn dawel,' meddai Mam.

'Nos da, cysgwch yn dawel,' meddai Dad.

Diffoddon nhw'r golau a sleifio allan, fel petaen ni'n fabanod oedd ar fin cysgu. Ond roedd Indeg a minnau'n hollol effro.

'Dwi'n *casáu*'r gwely bync yma! Does dim hanner digon o le,' cwynodd Indeg, gan ysgwyd y gwelyau.

'Mae *digonedd* o le,' meddwn i. Oedais. 'Os wyt ti'n berson tenau.'

'Wyt ti'n awgrymu fy mod i'n *dew*?' meddai Indeg, gan swnio fel petai hi'n arswydo.

Gwenais yn y tywyllwch. Dydy Indeg ddim yn dew o gwbl, ond mae hi'n poeni y gallai hi fod. Mae hi'n aml yn edrych ar ei hun yn bryderus yn y drych, yn tynnu ei bol i mewn a thynnu wynebau dwl i wneud i'w bochau fod yn denau.

'Dwi ddim yn dew o gwbl. Does dim hawl gyda ti fy ngalw i'n hynny, dywedodd Mam. Fe fyddi di'n rhoi'r clefyd bwyta yna i fi. Dyweda i wrth Mam os nad wyt ti'n ofalus,' meddai Indeg.

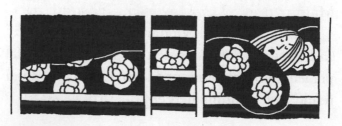

'Yr un math o berson dwi'n ei gasáu fwy na neb yw rhywun sy'n clepian,' meddwn i.

'Dwyt ti ddim yn codi ofn arna i,' heriodd Indeg.

'Nid *fi* yw'r un sy'n cwtsio'n braf gyda doli glwt,' meddwn i.

'Dwi ddim yn cwtsio'n braf. Dwi'n methu cael y cwilt i fynd drosta i'n iawn yn yr hen wely bync twp yma,' meddai Indeg, gan symud o gwmpas.

'Aros yn *llonydd*, rwyt ti'n gwneud i fi ysgwyd. Byddi di'n gwneud i'r gwelyau bync droi drosodd os nad wyt ti'n ofalus,' meddwn i.

Symudodd Indeg yn fwy gofalus. 'Fydden nhw ddim *wir* yn troi drosodd, fydden nhw?' meddai hi.

'Gallen nhw. Buon nhw bron iawn â throi drosodd unwaith, pan geisiais i neidio i fyny ac i lawr ar y bync top.'

'Ie, wel, dyna syndod – wrth gwrs y bydden nhw'n troi drosodd wedyn. Dim rhyfedd eu bod nhw mor simsan, gyda ti'n neidio o gwmpas fel mwnci.'

'Trueni nad oes gen i fwnci. Hei, gallai Wena Wych droi'n fwnci yn y jyngl a thyfu cynffon hir a hongian o gangen i gangen.'

'Gallai, a gallet ti dyfu un o'r penolau mwnci coch yna hefyd,' meddai Indeg, a chwerthin.

'Cau dy geg. Ydy, mae Wena yn ddwfn yn y jyngl ac mae hi'n gwthio'i ffordd drwy'r isdyfiant. Mae'n ferwedig o dwym ac mae'r pryfed yn ei brathu hi, ond dydy hynny ddim yn ei phoeni. Mae hi'n camu ymlaen yn ei hesgidiau Converse, ond yna mae hi'n clywed rhywbeth!'

'Beth?'

'Hisht, mae hi'n clustfeinio! Mae hi'n clywed sŵn *siffrwd-siffrwd-siffrwd*. Mae rhywbeth yn llithro tuag ati, yn nes ac yn nes. Mae adar y jyngl yn rhoi'r gorau i ganu, mae'r anifeiliaid i gyd yn cuddio, oherwydd mae *rhywbeth* yn dod!'

'*Beth*?'

'Neidr anferthol – creadur cas sy'n gallu dy ladd di mewn eiliad. Dydy hyd yn oed Wena Wych ddim yn gallu gwneud dim os mae hi'n dewis taro.'

Wrth i mi siarad, dechreuais ollwng Nerys yn araf i lawr o'r bync uchaf.

'Ydy, mae'r neidr hon yn codi arswyd ar bawb. Gwyliwch – mae hi'n dod, mae hi'n dod!'

Pwysais reit drosodd ac ysgwyd Nerys fel ei bod yn rhedeg dros wyneb Indeg. Dyma hi'n sgrechian ac yn saethu allan o'r gwely, gan ysgwyd ei breichiau a'i choesau fel petai'n ymladd â dim byd.

'Gwylia, mae hi'n mynd i fwyta Baba fach nawr,' meddwn i, a rhuo chwerthin.

'Nac ydy *ddim*!' meddai Indeg, gan gydio'n dynn yn ei hen ddoli garpiog.

'Indeg!' rhuthrodd Mam i mewn i'n stafell wely ni. 'Beth sydd wedi digwydd? Beth sy'n bod? Pam dwyt ti ddim yn dy wely?'

'Mae hi'n iawn, Mam. Dim ond chwarae roedden ni,' eglurais, gan dynnu Nerys yn ôl i'r bync.

'Wel, *peidiwch* â chwarae! Mae'n bryd i chi fynd i gysgu. A pheidiwch, da chi ferched, â sgrechian fel yna. Roeddet ti'n swnio'n ofnus, Indeg,' meddai Mam.

'*Roedd* Indeg yn ofnus iawn,' meddwn i'n fuddugoliaethus wrth i Mam fynd yn ôl i wnïo.

'Nac oeddwn ddim,' meddai Indeg yn swrth, gan fynd yn ôl i mewn i'r gwely gyda Baba.

'Oeddet 'te! Yn ofni Nerys, er dy fod ti'n dweud mai dim ond pentwr brwnt o hen deits yw hi. O, buest ti bron â'i brathu hi, on'd do, Nerys fach. Gwylia, Indeg. Bydd hi'n aros tan i

ti gysgu'n sownd – ac yna bydd hi'n llithro i lawr
eto.'

'A byddaf i'n ei rhwygo hi'n ddarnau – dwi'n
dy rybuddio di,' meddai Indeg. 'Nawr cau dy
hen geg, Owena. Cer i gysgu.'

'Dwi ddim yn teimlo'n gysglyd o gwbl. Mae
bod yn y stafell yma'n teimlo mor rhyfedd. Mae
hi'n *drewi*.'

'Nac ydy ddim!'

'Ydy mae hi – mae hi'n drewi o dy hufen
dwylo rhosynnau ych-a-fi di.'

'Persawru mae hi, nid drewi.'

'Mae hi wir yn drewi. Mae'n gwneud i mi
beswch – gwrandawa!' Pesychais yn uchel.
Gwnes i Marian a Nerys a Neidiwr a Poli
a Hanner Derfel a phob un o'r chwe cheffyl
beswch hefyd.

'Dwi'n byw mewn gwallgofdy,' cwynodd
Indeg, a thyrchu'n ddwfn o dan ei chwilt.

'Nac wyt, mewn jyngl, ac mae'r anifeiliaid
i gyd yn dost ac yn peswch oherwydd llygredd
y rhosynnau. Maen nhw i gyd yn cwympo ac
yn marw – *gwrandawa*.' Gwnes i bob un o'r
creaduriaid gwympo ar ei gefn, yn anadlu'n
drwm.

'Dwi ddim yn gwrando,' meddai Indeg, yn
ddwfn o dan ei chwilt.

Dechreuais adrodd hanes antur wych am Wena yn camu i mewn i'r jyngl gyda masg enfawr dros ei hwyneb. Cafodd wared ar lygredd y rhosynnau a throi'r arogl yn gymylau pinc a ddiflannodd i'r awyr. Yn amlwg doedd Indeg *ddim* yn gwrando, achos dechreuodd hi chwyrnu.

Chwarddais i ddechrau, wrth glywed fy chwaer fawr ffyslyd yn gwneud synau fel mochyn yn rhochian, ond ar ôl tipyn roedd y sŵn yn dân ar fy nghroen. Roeddwn *i* eisiau mynd i gysgu, ond sut gallwn i pan oedd mochyn bach yn y bync oddi tanaf?

'Indeg!' Pwysais yr holl ffordd i lawr o'r bync uchaf a rhoi pwt iddi. 'Indeg, dihuna!'

'Beth?' mwmialodd Indeg.

'Rwyt ti'n chwyrnu!'

'Nac ydw ddim!'

'Wel dwyt ti ddim yn chwyrnu'r *eiliad* hon achos dwi newydd dy ddihuno di.'

'Felly cau dy geg. Dwi *ddim* yn chwyrnu ta beth,' meddai Indeg.

Tyrchodd i lawr yn ei gwely bync eto. Mewn llai na munud roedd hi'n chwyrnu eto, hyd yn oed yn uwch y tro hwn.

Tynnais fy nghwilt fy hun reit dros fy mhen, a chwtsio fy anifeiliaid a sibrwd storïau Wena

Wych wrthyn nhw. Es i ddim i gysgu am *oesoedd* – ond helpodd hyn fi i feddwl am gynllun cyfrwys i dalu'r pwyth yn ôl i Beca a Nia.

Codais yn gynnar iawn y bore wedyn, cyn gynted ag y clywais Mam yn mynd i mewn i'r stafell ymolchi. Gwibiais i lawr llawr ac i mewn i'r gegin. Agorais yr oergell a syllu i mewn.

Tynnwyd fy sylw am eiliad gan y treiffl oedd ar ôl ar y silff waelod. Estynnodd fy mys o'i ran ei hun, a dechrau crafu'r hufen, a cheiriosen neu ddwy, *a* thynnu darn o eirinen wlanog allan o'r sbwng – ond yna llwyddais i gael fy mys o dan reolaeth eto. Gadawais lonydd i'r treiffl ac estyn am focs  wyau. Ysgydwais ef yn ofalus i wneud yn siŵr ei fod yn llawn. Yna sleifiais yn ôl lan lofft, gan ei gario o dan dop fy mhyjamas rhag ofn y byddwn i'n dod ar draws Mam neu Dad.

Roedd Indeg yn dal i gysgu'n drwm ar y bync gwaelod, felly lapiais y bocs wyau'n ofalus mewn dau hen grys-T rhag i'r wyau dorri, a'i roi yn fy mag ysgol. Dyna ni! Wedi cyflawni'r dasg!

Roeddwn i ychydig yn amheus amser brecwast pan oedd Mam yn anarferol o neis.

'Sut mwynhaoch chi rannu, ferched?' gofynnodd, gan roi cwtsh i'r ddwy ohonom. 'Aethoch chi i gysgu'n gyflym ar ôl yr holl wichian a sgrechian?'

'Do, un ohonon ni,' meddwn i, gan roi grawnfwyd yn fy ngheg. 'Yr un sy'n chwyrnu fel mochyn.'

'Nac ydw *ddim*!' atebodd Indeg yn ddig.

'Wrth gwrs nad wyt ti,' meddai Dad. 'Does neb yn y teulu yma'n chwyrnu. Dim ond anadlu'n ddwfn rydyn ni, ynte?'

Gwnaeth hynny i mi chwerthin a thagu ar fy ngrawnfwyd achos mae Dad yn chwyrnu'n *ofnadwy*. Dydy e ddim yn swnio fel mochyn bach, mae'n swnio'n fwy fel *twrch* mawr.

'Gofal gyda'r grawnfwyd yna, Owena,' meddai Mam. Lledodd ei dwylo, gan symud ei bysedd. 'Gorffennais i wnïo'r clustogau neithiwr, *a'r* wisg blodyn. Ac anfonodd un o famau merched Blwyddyn 5 neges e-bost. Mae ei merch hynaf hi'n priodi ac mae hi eisiau i mi wneud ffrog briodas iddi a thair ffrog morwyn briodas hefyd.'

'Ond rwyt ti'n gwneud set arall o ffrogiau morynion priodas hefyd, on'd wyt ti? Paid â chymryd *gormod* o waith, cariad. Mae dy ddwylo di'n boenus fel mae hi.'

'Nac ydyn, dwi'n iawn. Does dim angen y ffrogiau hyn am fisoedd eto. A dyfala beth! Mae un o'r mamau yn yr ysgol ddawnsio eisiau ffrog las yn union fel un Owena i'w merch hi.' Rhoddodd ei llaw ar fy mhen. 'Roeddet ti'n fodel fach wych i mi, cariad.'

'Mor hardd â chlychau glas,' meddai Dad.

'Nage, pryfyn glas,' meddai Indeg.

Teimlais fy hun yn cochi. Oedd plant Blwyddyn Chwech yn fy ngalw i'n Bryfyn glas hefyd? Doedden nhw ddim yn fy adnabod hyd yn oed.

'Sut roeddet ti'n gwybod?' sibrydais.

'Clywais Beca a Nia'n gweiddi ar dy ôl di,' sibrydodd Indeg. Oedodd. 'Wyt ti eisiau i mi a fy ffrindiau eu rhoi nhw yn eu lle i ti?'

'Nac ydw, dim diolch. Fe rof *i* nhw yn eu lle, paid â phoeni,' meddwn i.

'Am beth rydych chi'ch dwy'n sibrwd?' gofynnodd Mam.

'Dim ond . . . cyfrinachau,' meddwn i.

'Dyna ni! Ro'n i'n *gwybod* y byddai rhannu stafell yn dod â chi'n nes at eich gilydd,' meddai Mam yn hapus. Edrychodd ar ei watsh. 'Rydyn ni'n eithaf cynnar am unwaith. Roeddet ti'n dda iawn yn codi heb i mi orfod dy alw di, Indeg. Mae digon o amser  i mi goginio brecwast poeth os hoffech chi. Beth am facwn ac wyau?'

Wyau!

'Dim diolch,' meddwn i'n gyflym. 'Dwi'n llawn grawnfwyd.'

'Dim diolch, Mam,' meddai Indeg, diolch byth. 'Mae brecwast wedi ffrio'n gwneud i ti fagu pwysau.'

'Dim diolch, Bethan. Dwi'n mynd allan am awr neu ddwy, i ddosbarthu taflenni o gwmpas yr ardal,' meddai Dad.

Roedd e wedi creu hysbyseb fach ar gyfer ei wasanaeth teithio ar y cyfrifiadur ac roedd e'n awyddus i ledaenu'r gair. Ac roeddwn *i*'n awyddus i ledaenu fy wyau. Eisteddais drwy wersi'r bore gan fyseddu'r blwch yn fy mag ysgol. Arhosais tan amser cinio, pan fydden nhw'n cael yr effaith fwyaf. Yna cerddais allan i'r iard, lle roedd y merched i gyd ar fin dechrau gêm

newydd o rownders. Roedd Beca wedi gwneud ei hun yn gapten. Roedd Nia ac Alys a phawb arall eisiau bod yn ei thîm *hi*.

'Fi fydd capten y tîm *arall*,' meddwn i.

'Nage ddim. Dwyt ti ddim hyd yn oed yn chwarae,' meddai Beca. 'Does neb eisiau chwarae gyda ti, Bryfyn glas.'

'Ie, cer o 'ma, Bryfyn glas,' meddai Nia.

'Rwyt ti'n anobeithiol, Bryfyn glas,' meddai Alys.

Dechreuodd sawl merch arall ganu 'Pryfyn glas'. Dechreuodd rhai o'r bechgyn syllu draw arnon ni, a'u sylw wedi'i dynnu o'u gêm nhw eu hunain. Doedd dim ots gen i os oedd yr iard i gyd yn gwylio. Gwenais ac ysgwyd fy mag yn bwrpasol.

'Ar beth rwyt ti'n gwenu, Bryfyn glas?' gofynnodd Beca.

'Wyt ti'n gwybod beth *yw* pryfyn glas?' gofynnais i.

'Wrth gwrs fy mod i,' meddai Beca. 'Dyna wyt *ti*!'

'Does dim syniad gyda ti beth yw pryfyn glas *go iawn*, oes e?'

'Pryfyn, mae'n amlwg,' meddai Nia. 'Pryfyn annifyr, ych a fi.'

'Ie, fel *ti*,' meddai Alys.

'Nid fi yw'r pryfyn annifyr sy'n hedfan o gwmpas Beca drwy'r amser. Chi'ch dwy yw hwnnw. Os mai pryfyn glas ydw i, mae hynny'n golygu mai pryfyn chwythu ydw i.'

'Felly? Mae pryfed chwythu'n ych a fi,' meddai Beca.

'Nid *nhw* sy'n ych a fi, dim ond pryfed bach ydyn nhw, ond mae'r pethau maen nhw'n dodwy eu hwyau ynddyn nhw yn *hynod* ych a fi – cig pwdr, tail a phethau wedi marw, a chlwyfau. Dyna beth ydych chi i gyd – rydych chi'n bwdr ac yn  drewi ac yn farw ac yn grawn i gyd. Felly dwi'n mynd i ddodwy fy wyau ynoch chi.' Estynnais i mewn i fy mag ysgol, tynnu'r bocs wyau ohono, ei agor mewn eiliad, a dechrau eu taflu nhw.

 Dwi'n gallu anelu'n wych. Llwyddais i daro Beca reit ar ei phen, felly aeth yr wy dros ei gwallt hir i gyd. Llwyddais i daro Nia ar ei thrwyn, a'r wy'n rhedeg dros ei hwyneb. A llwyddais i

daro Alys reit yng nghanol ei bola mawr tew, felly llithrodd yr wy oddi ar ei sgert yr holl ffordd i lawr ei choesau. Roedd gen i dri wy arall, ond dechreuodd Beca *redeg* am doiledau'r merched, gan grio fel babi. Rhedodd Nia ar ei hôl, gan weiddi, 'Rydyn ni'n mynd i ddweud wrth Mr Williams!' A rhedodd Alys hefyd, ond roedd rhaid iddi hercian achos bod ei sgert mor wlyb.

Safodd pawb yn stond, gan syllu arnaf yn gegrwth.

'Oes unrhyw un arall eisiau fy ngalw i'n Bryfyn glas?' meddwn i.

Doedd neb eisiau gwneud. Syllodd pawb yn llawn edmygedd arnaf, fel petawn i wedi troi'n Wena Wych.

'Waw!' meddai Rhodri Puw, gan gerdded draw gyda'i griw o fechgyn.

'Dangosaist ti iddyn nhw, do wir!'

'Rwyt ti'n un dda am daflu, Wena!' meddai Sam Williams.

Dechreuon nhw chwerthin, a'r rhan fwyaf o'r bechgyn eraill hefyd. Roedd y merched yn dal i edrych yn syfrdan, braidd.

'Fe gei di helynt nawr, Wena,' meddai Mari Hughes yn bryderus.

'Edrychwch – maen nhw wedi dweud wrth *Mr Williams*!' meddai Carys Brown.

Edrychais lle roedd hi'n pwyntio. Ie, dyna lle roedd Mr Williams ei hun, ein pennaeth ni, a'i wyneb yn goch fel tân, yn camu'n bwrpasol tuag ataf i. A doedd e ddim ar ei ben ei hun. Roedd ysgrifenyddes yr ysgol gyda fe. Mrs Morgan. Fy mam.

Petawn i wir yn Wena Wych, byddwn i'n codi fy llaw'n llon ar bawb ac yn neidio i'r awyr, gan hedfan fry ar ôl rhoi'r bwlis yn eu lle. Ond nid Wena Wych oeddwn i. Fi oeddwn i – a sefais yn stond.

Roeddwn i mewn helynt. Mawr. Cefais fy arwain i mewn i'r ysgol i glywed Mr Williams yn dweud y drefn tra oedd Mam yn glanhau Beca a Nia ac Alys, oedd yn llefain y glaw.

'Allaf i ddim credu y gallet ti ymddwyn mor wael, Owena,' meddai Mr Williams. 'Mae taflu wyau nid yn unig yn rhywbeth annymunol, cas a dwl i'w wneud, mae hefyd yn beryglus. Gallet ti fod wedi anafu'r merched.'

Roeddwn i *eisiau* eu hanafu nhw, ond roeddwn i'n ddigon call i beidio â dweud hynny'n uchel.

'Doedd dim rheswm o gwbl i ti ymosod arnyn nhw, yn ôl y sôn,' meddai Mr Williams. 'Beth gododd yn dy ben di i

wneud y fath beth? A *pham* roeddet ti'n cario chwe wy amrwd o gwmpas yn dy fag ysgol?'

Meddyliais a ddylwn i ddweud hanes y Pryfyn glas wrtho, ond roeddwn i'n gwybod na fyddai e'n deall. Felly dim ond sefyll yno wnes i, yn syllu ar ei ddesg, yn symud o'r naill droed i'r llall, wrth iddo siarad yn ddiddiwedd. Doedd hyn ddim yn ofnadwy o gwbl, dim ond yn ddiflas. Ond roeddwn i'n gwybod mai'r tawelwch cyn y storm oedd hyn, dyna i gyd. Mam oedd y storm.

Pan ganodd y gloch i'r gwersi prynhawn, gadawodd Mr Williams fi i fynd o'i swyddfa. Carlamais yn gyflym i lawr y coridor, ond saethodd Mam allan o'i swyddfa, rhuthro ar fy ôl ac roedd ei dwylo'n dynn ar fy ysgwyddau cyn y gallwn ddianc.

Rhoddodd ysgydwad bach i mi. 'Aros di nes i ti gyrraedd adref!' sibrydodd yn gas.

Roedd gwneud gwersi'r prynhawn hwnnw'n rhyfedd iawn. Roedd rhaid gwneud symiau anodd ac yna prawf sillafu, fel arfer y ddau beth gwaethaf gen i, ond roeddwn i eisiau iddyn nhw fynd ymlaen am byth. Roedd Mrs Rodgers, ein hathrawes, wedi cael gwybod am Ddigwyddiad yr Wyau. Roedd hi'n teimlo bod angen rhoi pregeth fach arall i mi o flaen y dosbarth i gyd – er bod ei gwefusau hi'n crynu, bron fel petai hi ar fin chwerthin. Efallai mai'r golwg oedd ar Beca, Nia ac Alys oedd y rheswm. Roedd Mam wedi gwneud ei gorau, ond roedd ôl yr wyau arnyn nhw o hyd, yn enwedig Beca. Roedd hi'n edrych fel petai hi heb olchi ei gwallt ers wythnosau. Syllon nhw i gyd yn gas arna i, wrth gwrs, ond cheision nhw ddim rhoi pwt i mi yn fy nghefn. Ac er iddyn nhw sibrwd wrth ei gilydd, ddywedon nhw ddim o'r gair Pryfyn glas – ddim unwaith.

Roedd y plant eraill yn dal i syllu arna i'n amheus, yn amlwg yn meddwl tybed beth wnawn i nesaf. Anfonodd Rhodri Puw nodyn ataf i!

Annwyl Wena,
Rwyt ti'n un wych am daflu wyau!!! Rwyt ti'n dda am chwarae rownders hefyd. Cei di fod yn fy nhîm i fory os wyt ti eisiau.

    Rhodri

Cododd fy nghalon. Doedd y bechgyn byth yn gadael i ferched chwarae yn eu timau nhw. Ond dyma Rhodri'n rhoi *gwahoddiad* i mi chwarae gyda nhw!

Ysgrifennais yn ôl:

Annwyl Rhodri,
Byddai hynny'n wych.
　　Wena

ac ychwanegu wyneb hapus.

Ond doeddwn i ddim yn siŵr a fyddwn i'n gallu chwarae rownders fory. Roeddwn i'n siŵr fod Mam yn mynd i roi crasfa i mi.

Mewn gwirionedd roedd e'n *waeth*. Roedd hi'n fygythiol o dawel yr holl ffordd adref, a dim ond ar ôl cau drws y ffrynt y dechreuodd hi arni.

'Dwi erioed wedi teimlo cymaint o gywilydd yn fy myw,' meddai hi. 'Cer i dy stafell wely'r eiliad hon, Owena. Allaf i ddim dioddef edrych arnat ti.'

Doedd dim stafell wely fy hun gen i nawr. Roedd rhaid i mi ddioddef yn y stafell binc, ar fy mync uchaf. Lapiais Marian y Morfil o'm cwmpas a sugno fy mawd. Roeddwn i'n llwgu eisiau bwyd. Roedden ni bob amser yn cael smwddis ffrwythau a bisgedi ar ôl cyrraedd adref o'r ysgol. Roedd hi'n amlwg fy mod i'n mynd i orfod bod heb ddim. Chwiliais drwy fy mag ysgol am fisgedi neu losin roeddwn i wedi'u hanghofio, ond doedd dim briwsionyn neu bapur lapio yno, hyd yn oed.

'Does dim ots gyda fi,' cyhoeddais yn herfeiddiol. 'Weithiau dydy Wena ddim yn bwyta am ddiwrnodau lawer. Mewn gwirionedd, pan fydd hi wrthi'n achub y blaned hon, mae hi mor brysur does ganddi ddim amser i fwyta o gwbl. Mae hi'n mynd yn deneuach ac yn deneuach nes ei bod hi'n denau fel saeth, ond dydy hynny ddim yn beth drwg achos wedyn mae hi'n gallu saethu'r holl ffordd i fyny i'r stratosffer. Os bydd un o'i harchelynion yn dod yn agos ati, mae hi mor gul, dydyn nhw ddim yn gallu ei gweld hi'n iawn ac maen nhw'n methu ei tharo hi.'

Tynnais lun Wena fel un llinell hir i lawr fy nhudalen, gyda phen fel pin a dwy esgid Converse ar y gwaelod. Ychwanegais lawer o fwledi a bomiau o'i chwmpas i gyd – ond dechreuon nhw edrych fel wyau. Ychwanegais ddarluniau bach o Beca a Nia ac Alys, a thaflu wyau atyn nhw eto.

Defnyddiais fy mhen ffelt melyn fel eu bod nhw'n *diferu* o wyau. Dyma fi'n chwerthin a chwerthin – ond roeddwn i'n gwneud sŵn fel hiena, a doedd e ddim yn swnio'n iawn.

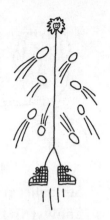

'Ar beth rwyt ti'n chwerthin?' meddai Dad, wrth ddod i mewn i'r stafell.

'O, Dad!' meddwn i, a neidiais i lawr o'r gwely bync a rhedeg i'w freichiau.

Ond roedd rhywbeth yn bod. Roddodd e ddim cwtsh i mi na fy nhroelli o gwmpas. Dim ond *sefyll* wnaeth e. Syllais i fyny arno.

'Dad?'

Defnyddiais fy ngên i fwrw ei fol. Wnaeth e ddim byd.

'Gwrlyn?' meddwn i, gan estyn am ei law i'w rhoi ar fy ngwallt cyrliog.

Ond gwthiodd Dad fi i ffwrdd, yn dyner ond yn gadarn. 'Dere nawr, Wena. Nid un o dy driciau dwl arferol di yw hwn. Rwyt ti mewn helynt difrifol. A dydy e ddim yn beth i chwerthin amdano,' meddai Dad.

'Doeddwn i ddim yn chwerthin. Ddim wir,' meddwn i.

'Dwi newydd dy *glywed* di. A beth yw hyn?'

 Gafaelodd yn fy llyfr braslunio a gweld y melyn llachar a'r sgribls dros y dualen i gyd. 'Er mwyn popeth, rwyt ti'n mwynhau hyn! Beth yn y byd gododd yn dy ben di? Mae Mam yn ei dagrau lawr llawr, mae hi wedi ypsetio cymaint. Sut gallet ti wneud y fath beth i'r merched bach annwyl yna?'

'Nid merched bach annwyl ydyn nhw, Dad. Maen nhw wedi bod yn gas ofnadwy wrth Wena, yn galw enw twp arni,' meddai Indeg, gan roi cip o gwmpas y drws.

Rhythais ar fy chwaer mewn rhyfeddod.

'Dyna ddigon, Indeg. Cer yn ôl lawr llawr,' meddai Dad.

'Ond mae'n *wir*, Dad. Nid Wena sydd ar fai. Roedden nhw i gyd yn troi yn ei herbyn hi. Dylwn i fod wedi'i helpu hi, ond dywedodd hi nad oedd hi eisiau i mi wneud,' eglurodd Indeg. Roedd hi'n edrych yn drist iawn, fel petai ar fin dechrau crio. Fel fi.

'Indeg. Plîs. Cer lawr llawr,' meddai Dad.

Aeth hi o'r stafell.

'Wyt ti wir, wir yn grac gyda fi, Dad?' sibrydais.

'Ydw, wir,' meddai Dad.

Ceisiais dynnu Marian dros fy mhen, ond tynnodd Dad hi oddi arna i.

'Dere nawr, rho'r gorau i'r triciau babi yma – dwi'n gwybod mai trio fy nhwyllo i rwyt ti,' meddai. 'Mae'n hen bryd i ti ddechrau bod yn ferch fawr. O'r gorau, efallai dy fod ti'n teimlo bod rhaid i ti herio'r merched yma. Ai'r merched rwyt ti'n sôn amdanyn nhw oedden nhw – Beca a Nia?'

'Ie. Ac Alys.'

'Ai honna yw'r ferch dew a gafodd un o ffrogiau Mam? Wir, mae'r hen un fach yna'n edrych fel petai ofn ei chysgod arni hi. Nawr, mae Indeg yn dweud bod y merched yma'n tynnu dy goes di . . . Pa enw roedden nhw'n dy alw di?

Ysgydwais fy mhen.

'Dere nawr. Dwed wrtha i. Mae angen i mi wybod.' Oedodd Dad. 'Oedd e'n enw anweddus? Edrych, *sillafa* fe.'

'P-R-Y-F-Y-N G-L-A-S,' mwmialais.

Gwgodd Dad. 'Pryfyn glas?' ailadroddodd, yn methu credu. 'O'r nefoedd wen! Allaf i ddim credu hyn. Dydy hwnna ddim yn enw *anweddus*!'

'Ond maen nhw'n anweddus iawn tuag ataf i,' meddwn i. 'Wel, *roedden* nhw. Ond fyddan nhw ddim rhagor.'

'Does dim ots gyda fi *beth* maen nhw'n dy alw di – pryfyn glas, cacynen, cachgi bwm –' snwffiodd Dad, bron fel petai'n mynd i droi'n ôl yn dad *i mi* eto a dechrau chwerthin.

Gwenais arno'n obeithiol ond gwgodd yn ôl arna i.

'Fel dywedais i, dydy e ddim yn ddoniol o gwbl. Gallet ti fod wedi gwneud niwed mawr i'r merched yna.'

'Dim ond wyau oedden nhw, Dad.'

'Gallai'r wy fod wedi mynd i'w llygaid nhw, neu gallai darn o blisgyn fod wedi torri'r croen. Does dim syniad gyda ti pa niwed y gallet ti fod wedi'i wneud. Mae'n beth ofnadwy, ffiaidd i'w wneud. Dywedodd Mam fod y merched druan wedi ypsetio'n ofnadwy. A beth fydd eu mamau nhw'n dweud. Rhaid dy fod ti'n gweld pa mor anodd yw hyn i Mam, a hithau'n ysgrifenyddes yr ysgol? Ac roedd mam Alys newydd archebu ffrog newydd sbon.' Oedodd Dad. 'Dwyt ti ddim yn mynd i ddweud ei bod hi'n ddrwg gen ti, hyd yn oed?'

'Mae'n ddrwg gen i,' meddwn i o dan fy ngwynt, achos roedd hi'n ddrwg iawn, iawn, iawn gen i fod Dad mor grac gyda fi.

'Dyna welliant,' meddai.

'Gaf i ddod lawr llawr nawr?'

'Na chei, ddim eto. Mae angen i ti feddwl dros bethau'n dawel, a phenderfynu na fyddi di byth yn gwneud rhywbeth mor ddwl eto.'

Felly meddyliais dros bethau am amser hir iawn, wrth i'm stumog gorddi'n ddiflas. Yna dechreuais ffroeni aroglau *swper* gwych. Roeddwn i bron yn siŵr mai caws macaroni oedd e, un o fy hoff brydau bwyd.  Byddai rhaid i Mam a Dad alw arna i lawr pan fydden nhw'n codi'r bwyd i'r platiau. Clywais Mam yn y gegin. Gwrandewais ar ddrws y ffwrn yn agor ac yn cau, sŵn llestri, hisian y tap wrth iddi lenwi'r gwydrau dŵr.

'O, ie!' meddwn i, gan rwbio fy mol.

Ac yna 'O na!' llefais pan glywais y tri ohonyn nhw'n bwyta, yn bwyta eu caws macaroni *hebdda i*.

Roedd Mam a Dad yn fy ngadael i lan lofft i *lwgu*. Teflais fy hun ar fy wyneb ar y bync uchaf a dechrau llefain yn chwerw, gymaint felly fel na chlywais i Mam yn dod i mewn . . . gyda hambwrdd o swper i mi!

'O leiaf rwyt ti'n dechrau deall pa mor ddrwg rwyt ti wedi bod,' meddai Mam. 'Cod ar dy eistedd nawr, Owena. O diar, oes hances gen ti? Gad i ni chwythu'r trwyn yna. Nawr, ymdawela a bwyta ychydig o swper.'

O leiaf roeddwn i'n cael fy mhlât *i* o gaws macaroni. Gwaetha'r modd, arhosodd Mam tra oeddwn i'n ei fwyta, a ches i lond pen oddi wrthi hi wrth i mi gnoi pob cegaid euraid.

'Pan fyddi di wedi gorffen, rwyt ti'n mynd i sgrifennu tri llythyr, fy merch fach i. Un at Beca, un at Nia, ac un at Alys. Rwyt ti'n mynd i ymddiheuro'n llaes i bob un o'r merched.'

'O, *Mam*! Dwi'n siŵr na fyddan *nhw*'n ymddiheuro am fod yn gas wrtha i.'

'Dim ots am hynny,' meddai Mam. 'A dydy hi ddim yn swnio fel petaen nhw'n gas *iawn*, ta beth. Roedden nhw'n dy alw di'n Bryfyn glas, ydw i'n iawn? Wel, mae'n enw eithaf dwl, ond dydy e ddim wir yn gas, ydy e? Pam Pryfyn glas, beth bynnag? Achos dy fod ti'n gwibio i bobman?'

'Nage! Achos bod rhaid i mi wisgo'r ffrog las yna i barti Alys,' meddwn i'n druenus.

'O! Wel, mae hynny'n ddwl, achos roeddet ti'n edrych yn hyfryd yn y ffrog las – dywedodd pawb hynny. Oedden nhw'n galw enwau ar Alys oherwydd ei ffrog *hi*?'

'Nac oedden, achos mae hi'n eu seboni nhw. Dydyn nhw ddim yn fy hoffi i. Maen nhw'n dweud fy mod i'n rhyfedd,' meddwn i.

Roeddwn i wedi codi fy nghalon dipyn go lew achos bod y caws macaroni'n arbennig o dda, gyda darnau bach caws yn crensian – ond yn sydyn roedd Mam yn edrych fel petai hi'n mynd i grio eto.

'Ydyn nhw wir yn dweud dy fod ti'n rhyfedd?' gofynnodd hi.

'Wel, ydyn. Ond does dim ots gen i,' meddwn i.

'Mae ots gen *i*,' meddai Mam. 'O, Owena, pam na wnei di drio cyd-dynnu â phawb? Rwyt ti'n ferch fach ddeallus. Petaet ti'n chwarae'n neis gyda'r lleill a rhoi'r gorau i'r holl gêmau esgus twp, byddet ti'n cyd-dynnu'n ddigon hawdd ac yn gwneud ffrindiau.'

'Mae *gen i* ffrindiau,' meddwn i. 'Aneira yw fy ffrind *gorau*.'

'Ie, ac mae hi'n edrych yn ferch fach annwyl iawn, ond does dim unrhyw ffrindiau eraill gen ti, oes e?'

'Oes. Gwnes i ffrind newydd sbon heddiw sydd eisiau chwarae gyda fi fory amser cinio.'

'Wir?' meddai Mam. 'Pwy?'

'Rhodri Puw.'

'Ond bachgen yw e,' meddai Mam, fel petai e ddim yn cyfrif.

'Mae llawer o'r bechgyn yn fy hoffi i,' eglurais.

'Oes, wel, mae hynny'n dda – ond *merch* wyt ti, Owena. Trueni na fyddet ti'n gymaint o domboi. Gwranda, hoffet ti wir fynd i ddosbarth dawnsio Miss Suzanne? Efallai y gallet ti wneud ffrindiau newydd yno.'

'Dwi ddim yn hoffi'r syniad yna gymaint nawr, Mam. Dwi'n *iawn*. Dwi ddim *eisiau* bod yn ffrindiau gyda merched fel Beca a Nia ac Alys. Dwi'n *hoffi* bod yn rhyfedd.'

'O, Owena.' Ochneidiodd Mam yn ddwfn. 'Trueni na fyddet ti mor benderfynol.'

'Trueni na fyddwn i'n fwy fel Indeg, rwyt ti'n ei feddwl,' meddwn i.

'Nage, ddim yn union,' meddai Mam, gan ei chael hi'n anodd. 'Hynny yw, *ti* wyt ti – rwyt ti'n ferch hyfryd mewn sawl ffordd. Dwi'n meddwl ei bod hi'n wych fod dychymyg mor fyw gen ti

a dy fod ti'n artistig, ond trueni nad wyt ti'n
defnyddio dy ddoniau'n fwy . . . cynhyrchiol.
Gallet ti dynnu lluniau a gwneud paentiadau
hyfryd petaet ti'n trio, ond rwyt ti'n gwastraffu
dy amser gyda'r lluniau comig dwl yna.'

'Dydy Wena Wych ddim yn ddwl!'

Cododd Mam fy llyfr braslunio a gwgu ar
Wena denau yn taflu wyau. 'Mae'r sgribl yma'n
wastraff creonau a phapur,' meddai hi. 'A dwyt
ti ddim hyd yn oed wedi tynnu ei llun hi'n iawn.
A beth mae hi i fod i'w wneud fan hyn?'

Gofalais gadw'n dawel.

'Dydy hi ddim . . . yn taflu wyau, ydy hi?'
meddai Mam. Gwridodd ei hwyneb eto.

'Nac ydy, nac ydy . . . mae hi yng Ngwlad
yr Heulwen, a nhw yw'r pelydrau bach i gyd,'
meddwn i.

Rholiodd Mam ei llygaid – a allaf i ddim o'i
beio hi chwaith.

Aeth hi i nôl ei phapur a'i
hamlenni ei hun, ac yna
buodd hi'n sefyll uwch fy
mhen wrth i mi sgrifennu
llythyrau ymddiheuro.

'Beth am ddefnyddio'r
cyfrifiadur ac argraffu'r llythyr
dair gwaith?' meddwn i.

'Na, rwyt ti'n mynd i wneud hyn yn y ffordd gwrtais a hen ffasiwn. Dwi eisiau i'r mamau eraill weld dy fod wedi cael dy fagu'n dda, er i ti wneud rhywbeth mor ofnadwy,' meddai Mam.

Felly roedd rhaid i mi sgrifennu tri llythyr erchyll, gan bwyso ar yr hambwrdd swper. *Pedwar*, achos gwrthododd Mam y llythyr cyntaf yn llwyr. '*Annwyl Beca, Mae'n ddrwg gen i. Yn gywir*,' darllenodd hi'n llawn dirmyg, ac yna fe'i rhwygodd yn ddau. 'Gwna fe'n iawn y tro yma!'

36 Heol Broch Meinciau

Annwyl Beca,
Mae'n ddrwg gen i.

Yn gywir

'Ond fe ddywedais ei bod hi'n ddrwg gen i!'

'Doeddet ti ddim yn *swnio* felly. Dywedaf i wrthot ti beth i'w sgrifennu. Dere, dechreua eto, gyda'r cyfeiriad yn y gornel uchaf ar y dde.'

'Mae hyn mor *ddiflas*,' cwynais.

Annwyl Beca

Mae'n ddrwg iawn gen i fy mod i wedi taflu wy atat ti ar yr iard. Roedd yn beth dwl iawn i'w wneud. Mae fy rhieni'n

grac iawn gyda fi. Gobeithio na
wnes i ormod o ddolur i ti neu
ddifetha dy ddillad. Rwy'n addo
na fyddaf i byth yn gwneud
rhywbeth mor ddwl eto.

Yn gywir

Owena Morgan

Yna roedd rhaid i mi wneud yr un peth
eto i Nia, ac un arall eto i Alys. Mae'n ddrwg
gen i, mae'n ddrwg gen i, sori, sori. Am y tro
cyntaf erioed doedd dim gwahaniaeth gen i
ddefnyddio'r enw Owena. Roedd y llythyr yn
codi gormod o gywilydd ar Wena.

Pan oedd Mam wedi mynd o'r diwedd,
codais feiro *anweledig* a sgrifennu dros bob un
o'r llythyron: *Dydy hi ddim yn ddrwg gen i o
gwbl, yr hwch gas*. Doedd yr ysgrifen ddim *i'w
gweld*, wrth gwrs, ond roeddwn i'n teimlo'n
llawer gwell o wybod ei bod hi yno.

Ches i ddim dod lawr llawr, reit hyd at
amser gwely. Mae'n debyg mai dyna noson
hiraf fy mywyd. Tynnais luniau Wena Wych a
chwarae gyda fy anifeiliaid, ond roedd gorfod

aros ar fy mhen fy hun yn teimlo'n rhyfedd, a minnau'n clywed y teledu a holl synau'r teulu lawr llawr.

Daeth Mam a Dad lan lofft yn y diwedd pan aeth Indeg i'r gwely. Roeddwn i'n esgus cysgu. Roeddwn i'n cwtsio Marian ac yn anadlu'n drwm. Siaradodd Mam a Dad â mi, ond ddangosais i ddim fy mod i'n gallu eu clywed nhw. Rhoddon nhw gusan nos da i mi, er mai dim ond *un* gusan oedd hi, a ddywedodd Dad ddim, 'Nos da, cysga'n dawel.'

Snwffiais a gwasgu Marian.

'Dwyt ti ddim wir yn cysgu, wyt ti, Wena?' sibrydodd Indeg.

Gwichiodd y gwelyau bync a dringodd hi i fyny'r ysgol i'r bync uchaf.

'Hei! Dwi'n meddwl eu bod nhw'n gas wrthot ti. Oedd rhaid i ti sgrifennu llythyrau ymddiheuro go iawn?' gofynnodd hi.

'Oedd! Ac mae Mam yn mynd i ddod gyda fi fory i wneud yn siŵr fy mod yn eu rhoi nhw ac mae'n mynd i godi cywilydd mawr arna i,' meddwn i'n ddolefus.

'O, druan â ti,' meddai Indeg.

Dringodd hi'n syth i mewn i'r bync uchaf. Fel arfer fyddwn i ddim yn gadael iddi. *Fi* biau'r bync uchaf. Ond heno roedd hi wir yn gysur fod

Indeg yn rhoi cwtsh i mi. Roedd hi'n edrych fel mai hi oedd unig aelod y teulu oedd yn dal i'm caru i.

Pan ddihunon ni, roedden ni'n dal i gwtsio ein gilydd – teimlad rhyfedd iawn a dweud y gwir. Yna taflodd Indeg Marian y Morfil allan o'r gwely achos roedd hi'n dweud ei bod hi'n ei mogi hi. Rhoddais i fy mhenelin yn ei hochr yn ddamweiniol fwriadol, a chyn hir roedden ni'n ôl i'r arfer, yn ffraeo.

Roedd yn fore ofnadwy oherwydd roedd rhaid i mi roi'r llythyrau ymddiheuro i Beca a Nia ac Alys. Roedd rhaid i mi *ddweud* ei bod hi'n ddrwg gen i hefyd, gyda Mam yn fy annog yn ffyrnig. Yna dyma Aneira'n fy ngweld i'n rhoi'r llythyrau ac yn camddeall yn llwyr. Roedd hi'n meddwl mai gwahoddiadau i barti oedden nhw. Roedd hi'n drist iawn, yn meddwl fy mod i'n gwahodd fy ngelynion pennaf ond yn anwybyddu fy ffrind gorau.

'Paid â bod yn ddwl, Aneira. Meddylia! Fyddwn i byth bythoedd yn gwahodd Beca neu Nia neu Alys i barti. Ddim oni bai mai parti arteithio oedd e, a'n bod ni'n chwarae Llofruddiaeth yn y Tywyllwch.'

'Felly gaf i ddod i dy barti go iawn, Wena?' meddai Aneira, a'i llygaid mawr brown yn pefrio.

'Ond dwi ddim yn *cael* parti. Fydd hi ddim yn ben-blwydd arnaf i am oesoedd eto,' meddwn i. 'Ac mae Mam yn dweud bod ein tŷ ni'n rhy fach i gael partïon go iawn beth bynnag. Dim ond llond dwrn o ffrindiau sy'n cael dod, dyna i gyd.'

'Felly gaf i ddod, felly, gan mai fi yw dy Ffrind Gorau di am Byth?' meddai Aneira.

'Ond dwi ddim yn . . .' Rhoddais y gorau iddi. 'O'r gorau, gofynnaf i i Mam,' meddwn i, er nad oeddwn i ddim yn credu y byddai hi'n gadael i mi, a hithau'n meddwl mai fi oedd y ferch waethaf erioed.

Rhoddodd Aneira gwtsh mawr diolchgar i mi,

oedd yn teimlo'n dda. Dechreuodd y diwrnod wella ychydig wedyn – ac roedd amser cinio'n wych. Es i chwarae rownders gyda'r bechgyn! Nid rownders oedd ein henw ni ar y gêm – pêl fas Americanaidd, oedd yn swnio'n llawer mwy cŵl. Roedd rhaid i ni i gyd roi enwau dwl i'n gilydd, fel chwaraewyr pêl fas Americanaidd go iawn.

 'Rhodri'r Mwnci ydw i,' meddai Rhodri Puw.

'Sam y Slamiwr ydw i,' meddai Sam Williams.

'Carwyn Brown y Clown ydw i,' meddai Carwyn Brown.

'Ocê, Wena'r Rhech Fwya ydw i,' meddwn i, a gwneud i bawb chwerthin.

Chwaraeon ni'r gêm wych yma, a gwaeddodd pawb hwrê pan lwyddais i redeg rownder y tro cyntaf. Roedd Mam yn dod allan i'r iard drwy'r amser ac yn edrych yn bryderus arnaf i. Roedd golwg ar ei hwyneb hi pan glywodd hi Rhodri a'i griw yn fy ngalw wrth fy llysenw newydd gwych. Cydiodd yn fy mraich pan ganodd y gloch ar gyfer gwersi'r prynhawn.

'*Beth* roedden nhw'n dy alw di, Owena?' gofynnodd hi.

'Wena'r Rhech Fwya,' meddwn i'n falch.

Tynnodd Mam anadl sydyn. 'Ond mae hynny'n *llawer* gwaeth na Pryfyn glas!'

'Nac ydy ddim. A *fi* sy'n fy ngalw i'n hynny, felly mae'n hollol cŵl. Mae'r bechgyn i gyd yn fy hoffi i, Mam,' meddwn i, gan geisio ei chysuro.

'Ond beth am y merched?' meddai Mam.

'Wel . . . mae Aneira'n fy hoffi i,' meddwn i. 'Mam, gaiff Aneira ddod i de? Te ffansi, fel parti bach?'

'O, Owena, dwi mor brysur ar hyn o bryd. Does dim amser gen i i wneud unrhyw beth ffansi.'

'Gwnaf *i* fe.'

'Wyt ti'n meddwl y byddwn i'n dy adael di'n rhydd yn fy nghegin i?'

'*Plîs* gad i Aneira ddod draw, Mam.' Cefais ysbrydoliaeth sydyn. 'Dwi eisiau dangos ein stafell wely hyfryd newydd iddi.'

Gweithiodd hynny'n berffaith. Cefais wahodd Aneira i de ddydd Gwener – i edmygu fy stafell wely newydd.

'Ond ro'n i'n meddwl dy fod ti'n casáu'r stafell, Wena,' meddai Aneira.

'Ydw, dwi yn. Dim ond ei defnyddio hi fel ffordd o dwyllo Mam wnes i,' meddwn i.

Doedd Aneira ddim yn edrych fel petai hi'n deall. 'Felly ydy dy stafell wely di'n ofnadwy neu'n hyfryd?' gofynnodd hi.

'Ofnadwy. Erchyll. Dychrynllyd,' meddwn i.

Roeddwn i'n casáu'r stafell hyd yn oed yn fwy nawr ar ôl i Dad orffen yr uned silffoedd newydd. Roedden nhw'n ffitio'n dda ac roedd Dad wedi gwneud iddyn nhw edrych yn wych, drwy beintio pob silff a chwpwrdd yn wyn llachar – ond roedd *rheolau* newydd ofnadwy hefyd. Roedd rhaid i mi gadw fy stwff i gyd yn daclus ac wedi'i blygu ac yn yr adran fach gywir. Os oeddwn i'n edrych drwy bopeth, yn chwilio'n wyllt am rywbeth hanfodol bwysig, roedd rhaid i mi roi popeth yn ôl yn ei le – neu byddai Indeg yn clepian wrth Mam.

Roedd y silffoedd yn felltith ofnadwy hefyd. Roedden ni i fod i'w defnyddio nhw i arddangos ein hoff bethau. Treuliodd Indeg noson gyfan yn trefnu ei silff hi – yn rhoi ei llyfrau *yn nhrefn yr wyddor*, ac yn gosod ei blwch gemwaith, yr angylion bach, y canhwyllau persawrus mewn potiau gwydr, a ffotograff o Al Lewis mewn

ffrâm gyda *I Indeg, gyda chariad mawr,* X wedi'i sgrifennu drosto. Nid *fe* ysgrifennodd hyn, ond hi.

Rhoddais fy hoff bethau i ar fy silff *i:* y llyfrau braslunio, y creonau a'r peniau ffelt, a'r anifeiliaid – Marian (wedi'i phlygu'n ofalus), Neidiwr y ci, Nerys, Poli Parot, Hanner Derfel, fy ngheffylau i gyd a'u stabl blwch esgidiau. Buon nhw'n chwarae ac yn neidio ac yn llithro ac yn hedfan ac yn carlamu'n hapus iawn yn eu cartref newydd, ac roeddwn i wrth fy modd – ond dechreuodd Indeg sgrechian.

'Mam! Mam, mae Wena wedi rhoi ei hen anifeiliaid anniben dros ei silff i gyd ac maen nhw'n edrych yn *ofnadwy*! Maen nhw'n difetha'r effaith i gyd. Mae hi'n difetha *popeth*.'

Ochrodd Mam gydag Indeg, dyna syndod.

'Wir, Owena, mae Dad wedi mynd i'r fath drafferth i wneud uned silffoedd hyfryd ac rwyt ti'n ei difetha hi'n barod. Ar gyfer dy bethau *arbennig* di mae'r silffoedd.'

'Mae fy anifeiliaid i *yn* arbennig!'

'Sbwriel! A dyna'n union beth ydyn nhw – sbwriel. Dwi ddim yn gadael i ti arddangos y rheina. Bydd pobl yn meddwl na chest ti dedis go iawn,' meddai Mam. 'Os oes *rhaid* i ti gadw'r criw brith yma, yna mae'n rhaid iddyn nhw gael eu cuddio yn dy gwpwrdd di.' Ysgubodd nhw oddi ar y silff yn ddramatig.

'Mae'n debyg yr hoffet ti i *fi* gael fy nghuddio mewn cwpwrdd hefyd!' meddwn i, gan ruthro i gysuro fy anifeiliaid bach druain.

'Ie, plîs!' gwaeddodd Indeg – ac roedd Mam yn edrych fel petai hi eisiau dweud hynny hefyd.

'Dewch nawr, peidiwch ag ymosod ar Wena fach,' meddai Dad. Roedd wedi mynd yn ôl i fod yn Dad hyfryd, doniol, *caredig* nawr, diolch byth. 'Allaf i ddim gweld pam na chaiff hi roi ei hanifeiliaid ar y silff os mai dyna mae hi eisiau.'

'Ie!' gwaeddais yn fuddugoliaethus, a chasglu fy anifeiliaid. 'Dad wnaeth y silffoedd, felly fe sy'n cael dweud beth gawn ni roi arnyn nhw, *o'r gorau*?'

'Ond wedyn mae'n rhaid *i ni i gyd* eu gweld nhw ac maen nhw'n edrych yn hurt,' cwynodd Indeg, oedd bron â chrio.

Dyna'r peth gwaethaf am fy chwaer i. Mae hi ddwy flynedd a hanner yn henach na fi, ond pan nad yw hi'n cael ei ffordd ei hun mae hi'n dechrau bwhwman fel babi, ac mae Mam a Dad yn gadael iddi gael ei ffordd ei hunan.

'Beth am gyfaddawd, Wena?' meddai Dad. 'Mae Marian yn hoffi cysgu yn dy wely bync, felly beth am ei rhoi hi lan fan 'na. Mae'n siŵr y byddai Neidiwr yn hoffi cwt newydd . . . Edrych, mae e'n neidio i mewn i'r cwpwrdd ar ei ben ei hun. Byddai Nerys yn hoffi gorwedd yn union o dan y gwelyau bync yn y tywyllwch a *stelcian*. Mae Poli a'r hen foi bach Derfel yma'n edrych fel eu bod nhw eisiau gorffwys hefyd. Dyna ni!

Nawr gelli di wasgaru dy geffylau ar hyd dy silff. On'd ydyn nhw'n edrych yn dda?'

Roeddwn i'n gwybod yn iawn fy mod i'n cael fy nhwyllo. Roeddwn i o hyd eisiau *pob un* o'r anifeiliaid ar fy silff, ond gadewais Dad i'm perswadio i dderbyn ei gyfaddawd. Byddet ti'n meddwl y byddai Indeg wedi bod yn ddiolchgar, ond cwyno wnaeth hi o hyd. Pan benderfynais roi ychydig bach o ymarfer i Ceffyl Brith, Gee Ceffyl Bach, Siwgr Lwmp, Coesau Chwim, Dant y Llew a Seren, a gosod ffensys bach gyda'r llyfrau a'r creonau, dywedodd hi fy mod i'n gwneud i'm silff fod yn anniben yn fwriadol.

Cefais fy *rhyfeddu* gan ymateb Aneira i'n stafell wely ni pan ddaeth hi draw ar ôl yr ysgol ddydd Gwener. Safodd hi yn y drws a *churo ei dwylo*!

'Mae hi'n hyfryd!' meddai hi. 'O, Wena, rwyt ti mor *lwcus*!'

Aeth hi ar flaenau ei thraed o gwmpas y stafell, gan syllu ar yr uned silffoedd, gorchuddion y cwiltiau, y clustogau. Rhoddodd wich fach o lawenydd pan edrychodd hi i fyny a gweld y canhwyllyr du. 'Mae e'n rhyfeddol!' meddai hi. 'O, byddwn i'n rhoi

unrhyw beth yn y byd i gael stafell wely fel hyn.
Mae hi mor bert, a dydy hi ddim yn fabïaidd o
gwbl. Mae hi fel stafell wely i ferch wedi tyfu i
fyny.'

'Wel, efallai, ond does dim llawer o stwff gen
i yma o gwbl. Roedd pethau mor wahanol yn
Ffau Wena. Roedd gen i hen gadair fawr wych
a gallet ti chwarae Neidio arni. Roedd hynny'n
hwyl,' meddwn i.

'Doeddet ti ddim yn poeni y byddai dy fam
yn dweud y drefn? Mae fy mam i'n mynd yn
wyllt os ydw i'n neidio ar y dodrefn,' meddai
Aneira.

'Ie, wel, roedd e wedi torri i gyd felly doedd
dim llawer o ots. Ac roedd gen i hen gist o
ddroriau a defnyddiais i un o'r droriau fel sled.'

Crychodd Aneira ei thrwyn.
'Pam byddet ti eisiau gwneud
hynny, Wena? Ond mae'r
cyfan mor *hardd* fan hyn.
Mae pethau mor hyfryd
gen ti. Dwi'n *dwlu* ar yr
angylion a'r canhwyllau
sydd gen ti.'

'Nid rhai fi ydyn nhw, ond rhai Indeg,'
meddwn i'n swrth.

'O, edrych! Mae ffotograff wedi'i arwyddo o

Al Lewis gyda hi! Mae'n dweud *gyda chariad mawr*! Allaf i ddim credu'r peth!'

'Hi dorrodd y llun o gylchgrawn, y dwpsen, ac sgrifennu arno fe ei hunan.'

'Wel, mae'n dal i fod yn llun hyfryd,' meddai Aneira.

Eisteddodd hi wrth fwrdd gwisgo Indeg a chyffwrdd â'i holl golur a'i hufen dwylo ych a fi â blaenau ei bysedd. 'Indeg biau'r rhain i gyd hefyd?' gofynnodd hi. 'Ydy hi wir yn cael gwisgo colur? Fydd hi'n gadael i *ti* wisgo peth, Wena?'

'Ych! Dwi ddim eisiau gwisgo colur! Mae'n edrych yn dwp – ac mae e'n *drewi*,' meddwn i.

'Mae arogl hyfryd fan hyn,' meddai Aneira'n frwd, gan anadlu'n ddwfn.

'Hufen dwylo ofnadwy Indeg yw hwnna. Ydy'r arogl yn gwneud i dy drwyn di gosi i gyd?'

'Nac ydy, dwi'n meddwl ei fod e'n hyfryd,' meddai Aneira. Byseddodd y potyn yn ofalus. 'Wyt ti'n meddwl y byddai Indeg yn gadael i mi drio ychydig bach, bach?'

'Ydw, helpa dy hunan,' meddwn i.

'O, mae'n well i mi ofyn iddi'n gyntaf,' meddai Aneira. Aeth i'r stafell wnïo, lle roedd Indeg yn helpu Mam gyda'r gwisgoedd. Roeddwn i wedi gofyn iddi gadw draw. Ond nawr roedd Aneira'n difetha popeth, achos daeth Indeg yn

ôl i'n stafell gyda hi a dangos i Aneira sut i roi'r
hen hufen ar ei dwylo. Wir, dydy e ddim mor
anodd â hynny: hufen, dwylo, rhwbio!

'Gaf i ychydig bach hefyd?' gofynnais i Indeg.
Edrychodd hi'n syn, ond dywedodd y cawn i.

Cymerais eithaf talp ac yna dechrau ei rwbio
ar Ceffyl Brith a Gee Ceffyl Bach a Siwgr Lwmp
a Coesau Chwim a Dant y Llew a Seren i weld a
fyddai e'n gwneud i'w cotiau nhw ddisgleirio.

'Wena!' meddai Indeg. 'Paid â gwastraffu fy
hufen dwylo i ar dy hen geffylau twp di!'

'O, Wena, rwyt ti mor ddoniol!' chwarddodd
Aneira, gan rwbio ei dwylo oedd yn persawru

o rosynnau gyda'i gilydd. 'Mmm, mae hwn yn arogli'n *nefolaidd*! Dwi'n teimlo fel oedolyn.' Edrychodd ar holl golur Indeg. 'Wrth gwrs, byddwn i'n teimlo'n fwy fel oedolyn petawn i'n gallu gwisgo ychydig o golur,' meddai hi'n obeithiol.

Gwenodd Indeg arni. 'Hoffet ti i mi dy goluro di, Aneira?' gofynnodd, gyda llais siwgraidd.

'O, Indeg, *hoffwn*!' gwichiodd Aneira.

Cymerodd hyn *oesoedd*, a doedd Aneira ddim eisiau siarad â mi, hyd yn oed, tra oedd Indeg yn plastro'r holl sothach o golur ar ei hwyneb. Y cyfan wnaeth Aneira oedd gwrando ar Indeg, Brenhines Harddwch. Dywedodd hi bob math o sbwriel wrthi: bod angen i liw amrannau adlewyrchu lliw dy lygaid, ac y dylet ti gusanu hances bapur ar ôl rhoi'r gôt gyntaf o finlliw. Roedd Indeg yn creu hyn i gyd wrth fynd ymlaen, ond llyncodd Aneira'r cwbl. Allwn i ddim tynnu ei sylw o gwbl. Pan alwodd Mam o'r diwedd ei bod hi'n amser swper, dechreuodd Aneira ffysian.

'O diar, fydd fy minlliw i gyd yn dod i ffwrdd wrth fwyta fy swper?' gofynnodd.

Dechreuais feddwl ei bod hi'n gymaint o dwpsen fel nad oeddwn i eisiau bod yn ffrind iddi wedi'r cyfan. Doedd hi ddim yn *ymddwyn* fel fy ffrind i – ddim o gwbl.

Sbageti bolognese oedd i swper. Ceisiais gael Aneira i chwarae fy ngêm slochian-slochian, lle rwyt ti'n sugno pob llinyn o sbageti i fyny i dy geg heb ei dorri. Mae Mam bob amser yn dweud y drefn pan fyddaf i'n gwneud hyn, ond roeddwn i'n gwybod na fyddai hi'n cwyno wrth Aneira, a hithau'n westai i ni. Ond chwerthin wnaeth Aneira'n annwyl a dweud fy mod i'n edrych fel petai minlliw ar fy ngwefusau i hefyd – roedd saws sbageti oren dros fy ngheg i gyd. Ceisiodd hi gopïo'r ffordd roedd Indeg yn bwyta, gan droi'r sbageti o gwmpas ei fforc yn ffuantus.

Roedd Mam a Dad yn siarad ag Aneira drwy'r amser wrth i mi wingo a sugno a slochian. Roeddwn i eisiau iddyn nhw ei hoffi hi, ond roedd hi'n dân ar fy nghroen eu gweld nhw'n nodio'n fuddugoliaethus ataf i pan ddywedodd Aneira fy mod i mor lwcus i gael stafell wely hyfryd, a hyd yn oed yn fwy lwcus o gael chwaer fawr fel Indeg.

Roedd tua awr yn weddill o hyd i chwarae ar ôl swper. Roeddwn i'n bwriadu dangos fy nghomics Wena Wych i gyd i Aneira ac efallai awgrymu y bydden ni'n actio un antur gyda'n gilydd. Roeddwn i hyd yn oed yn mynd i greu cymeriad newydd sbon oedd â phwerau arbennig: Ani Anferth, a fyddai'n mynd ar antur arbennig. Ond gofynnodd Aneira a fyddai Indeg yn dod i chwarae gyda ni hefyd.

'Na, dydyn ni ddim eisiau iddi *hi* ddod,' meddwn i'n gyflym.

'Ydyn, 'te,' meddai Aneira.

Doedd dim *rhaid* i Indeg ddod. Ond roedd hi fel petai'n hi'n mynnu dwyn fy ffrind gorau. 'Wrth gwrs dof i,' meddai hi. 'Beth am i ni i gyd fynd lan i fy stafell wely i?'

'Mae hi'n stafell wely i mi hefyd,' meddwn i, ond doedden nhw ddim hyd yn oed yn gwrando arnaf i.

Dechreuon nhw chwarae gêm newydd, hynod ddiflas gyda'i gilydd – trin gwallt!

Byseddodd Indeg blethau bach doniol Aneira yn genfigennus. 'Sut rwyt ti'n cael dy wallt yn blethau bach dros dy ben i gyd, Aneira? Maen nhw mor *daclus*.'

'Mam sy'n eu gwneud nhw drosto i, neu Mam-gu weithiau. Mae'n cymryd oesoedd, ond dwi'n gwylio'r teledu tra byddan nhw'n ei wneud e. Wyt ti eisiau i mi blethu dy wallt *di*, Indeg?'

'O, ydw, plîs!'

Ochneidiais, yn methu credu'r peth.

Edrychodd Aneira arnaf i'n bryderus. 'Plethaf i dy wallt di hefyd wedyn, Wena,' meddai hi'n dyner.

'Dim diolch. Allaf i ddim dychmygu unrhyw beth mwy *diflas*,' meddwn i'n anghwrtais. '*Paid* â chwarae trin gwallt, Aneira. Dere i chwarae gêm go iawn gyda fi!'

Yn yr ysgol dwi bron bob amser yn gallu perswadio Aneira i wneud beth bynnag dwi eisiau – ond yma gartref roedd Indeg fel petai wedi rhoi hud arni.

'Dof i i chwarae mewn munud, Wena. Dangosaf i i Indeg sut mae gwneud fy math i o blethau. Dydy hynny ond yn deg, a hithau wedi gwneud fy ngholur i gyd,' meddai.

Munud! Treuliodd Aneira'r awr gyfan, bron, yn cribo ac yn plethu gwallt ofnadwy Indeg. Wrth i Aneira rannu a chasglu a throi a phlethu, gofynnodd hi am gyngor Indeg dro ar ôl tro. Roedd hi eisiau gwybod pethau twp am golur a dillad a sêr pop. Bues i'n dylyfu gên cymaint, roedd fy ngên i bron â chloi.

Ond wedyn dechreuodd hi sôn am yr ysgol.

'Oes unrhyw ferched cas fel Beca a Nia yn dy ddosbarth di, Indeg?' gofynnodd Aneira.

'Oes. Mae Cerys a Ffion gyda fi. Maen nhw'n *waeth*,' meddai Indeg.

'Felly sut rwyt ti'n ymdopi pan fyddan nhw'n gas wrthot ti?' gofynnodd Aneira'n bryderus. 'Mae Wena moooor ddewr. Mae hi'n dweud pethau cas yn ôl, ond allaf i byth â meddwl am bethau i'w dweud. Neu mae hi'n ymladd â nhw, ond dwi'n anobeithiol am ymladd. Dim ond crio y byddaf i'n ei wneud os bydd unrhyw un yn fy mwrw i. Neu mae hi'n taflu *wyau* – dychmyga!'

Codais fy nghalon wrth glywed hyn. Cofiais fod Aneira'n ffrind da iawn mewn gwirionedd.

'Ie, wel, efallai nad dyna'r ffordd gallaf o ymateb,' meddai Indeg. 'Aeth Wena i helynt difrifol. Paid byth â thaflu wyau, Aneira.'

'O, wnaf i ddim, paid â phoeni. Fyddwn i ddim yn meiddio,' meddai hi, a'i llygaid yn fawr.

Roeddwn i'n teimlo bron mor fawr â Wena Wych. Meiddiais *i*.

'Dwi ddim yn meddwl bod angen i ti ymladd yn ôl, Aneira,' meddai Indeg. 'Yn dy le di, fyddwn i'n gwneud dim, dim ond chwerthin pan fydd Beca a Nia'n dweud pethau cas. Ceisia ymddwyn fel bod dim ots gyda ti. Dw *i*'n chwerthin ar Cerys a Ffion, neu dwi'n dweud, yn dawel iawn, "Beth yw eich problem chi?" ac maen nhw'n drysu i gyd.'

'*Wir*?' meddai Aneira.

'Tan y tro nesaf,' meddwn i.

Yna daeth cnoc ar y drws. Mam Aneira oedd yno, yn barod i'w chasglu hi. Roedd ei hymweliad hi *ar ben*.

Wel, bron. Gwnaeth Mam gwpaned o de i fam Aneira, yna aeth â hi lan lofft i weld ei stafell wnïo newydd a'n stafell wely newydd ni. Roedd mam Aneira'n *dwlu* ar holl ffrogiau Mam yn hongian o gwmpas y stafell.

'Rydych chi mor *glyfar*, Mrs Morgan,' meddai hi. 'Mae'r ffrogiau yma mor brydferth.'

Codais fy aeliau ar Aneira. Roedd hi'n edrych fel petai hi mewn perygl difrifol o orfod gwisgo ffrog ffansi hefyd.

'Dere i weld stafell wely Wena ac Indeg, Mam,' meddai hi'n gyflym.

Aeth mam Aneira'n hollol *ecstatig*! Roedd hi'n 'www' ac yn 'aaa' i gyd wrth edrych ar orchuddion y cwiltiau a'r clustogau a'r canhwyllyr, ond roedd hi'n arbennig o hoff o'r uned silffoedd.

'Gawsoch chi saer arbennig i wneud hon, Mrs Morgan?' gofynnodd hi.

'Naddo, fy ngŵr wnaeth hi,' atebodd Mam.

'Wir! O, Mr Morgan, rydych chi *mor glyfar*,' meddai mam Aneira.

Pan adawodd Aneira gyda'i mam, treuliodd tri aelod fy nheulu'r ugain munud nesaf yn sôn yn ddiddiwedd amdani, gan ddweud cymaint roedden nhw'n ei hoffi hi.

'Dwi mor hapus fod gen ti ffrind gorau arbennig o'r diwedd, Owena,' meddai Mam, gan roi ei braich amdanaf a'm gwasgu ati.

Roeddwn i i fod yn hapus hefyd – ond doedd Aneira ddim wir yn teimlo fel ffrind gorau i *mi* rhagor. Roedd hi'n teimlo fel ffrind gorau i *Indeg*. Efallai mai *dyna'r* peth gwaethaf am fy chwaer. Mae pawb yn ei hoff hi *orau*.

Y dydd Gwener canlynol daeth ffrindiau gorau *Indeg* i de, er mwyn dangos ein stafell wely newydd ni iddyn nhw. Dywedodd hi nad oedd hi'n gallu dewis pwy roedd hi'n ei hoffi orau, felly gwahoddodd hi *dair* merch – Lowri, Mai ac Alina.

'Dydy hynny ddim yn deg,' protestiais. 'Dim ond *un* ffrind gafodd ddod i de ataf i.'

'Dim ond un ffrind sydd *gen ti*,' meddai Indeg yn ddirmygus.

'Mae gen i lwythi o ffrindiau,' meddwn i. 'Mae Rhodri Puw a fi'n chwarae gyda'n gilydd bob amser cinio nawr.'

'Dwyt ti ddim yn gallu gofyn i *fachgen* chwarae yn dy stafell wely di,' meddai Indeg. 'Beth bynnag, fyddai dim diddordeb ganddo fe mewn pethau fel cynllun lliwiau ac uned silffoedd.'

'Wel, does gen i ddim diddordeb chwaith.'

'Mae hynny'n gwbl amlwg. Nawr gwrandawa, dwi eisiau i ti dacluso cyn i Lowri, Mai ac Alina ddod. Dwi wedi cael llond bol arnat ti'n gadael dy sanau a dy nicers mewn pentwr ych a fi ar y carped. Rho nhw yn y fasged ddillad, wnei di?'

'Wyt ti'n gwybod dy fod ti'n swnio'n union fel Mam?' meddwn i.

'A thynna'r poster twp yna o Wena Wych i lawr – mae'n edrych yn ofnadwy. Dwi ddim eisiau sgribls plentynnaidd yn llanast dros y lle.'

'Fy narn *i* o fwrdd corcyn yw hwnna, dywedodd *Dad*.'

'Ie, o'r gorau, ond rho rywbeth *normal* lan – y math o beth mae merched dy oed di'n ei hoffi – cŵn neu gathod bach.' Roedd Indeg yn swnio fel petai hi'n oedolyn ei hun, nid dim ond dwy flynedd a hanner yn henach na fi. 'Ac er mwyn popeth, cuddia dy hen anifeiliaid anniben i gyd.'

Roedd Marian yn dal i nofio yn fy ngwely bync, ond doeddwn i ddim wedi gallu rhwystro Neidiwr rhag neidio allan o'i gwt, roedd Nerys eisiau ymestyn a llithro, roedd Poli eisiau gadael i'w hadenydd guro'n wyllt o gwmpas y stafell i gyd, ac roedd Hanner Derfel druan yn fregus ac roedd angen gofal cariadus arbennig arno yng ngolau dydd.

Agorais fy ngheg i esbonio hyn i gyd i Indeg, ond wrandawodd hi ddim hyd, yn oed.

'Rho nhw yn y cwpwrdd!' meddai hi. 'Neu bydd hi'n ddrwg iawn, iawn gen ti.'

Cododd hynny fy ngwrychyn go iawn. Pwy oedd Indeg i ddechrau rhoi gorchmynion i mi? Dim ond fy chwaer ddiflas oedd hi, y fadam fach. Doedd dim rhaid i mi wneud fel roedd *hi*'n ei ddweud,

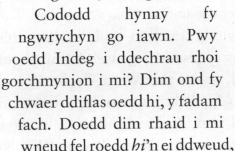

oedd e? Dyma fi'n *esgus* rhoi popeth i gadw nos Iau. Wel, rhoddais fy nillad isaf i gyd yn y fasged ddillad, a thynnu fy mhoster gorau o Wena Wych, a chuddio Marian o dan fy nghwilt llithrig newydd, a chau pob anifail druan yng nghwpwrdd yr uned silffoedd dros nos.

Efallai y byddwn i wedi'u gadael nhw yno petai Indeg

wedi bod yn wirioneddol ddiolchgar, ond prin y dywedodd hi ddiolch.

'Dwi ddim yn credu'r peth!' meddai hi, gan rolio ei llygaid. 'Mae rhyw newydd wyrth o hyd!'

Nid bod yn wirioneddol ddiolchgar yw hynny, nage? Felly, fore Gwener ar ôl brecwast, pan oedden ni'n mynd allan drwy ddrws y ffrynt, dyma fi'n esgus bod angen imi fynd i'r toiled ar frys. Brysiais lan lofft i'r stafell ymolchi, codi hanner dwsin o sanau o'r fasged ddillad, rhuthro i mewn i'n stafell ni a'u taflu nhw dros y llawr, agor y cwpwrdd a gadael i'r anifeiliaid fynd yn rhydd, ac yna rhoi Wena Wych yn ôl ar y bwrdd corc. Chwiliais am feiro. Fel arfer, methais ddod o hyd i un. Bachais finlliw yn lle hynny a rhoi swigen siarad i Wena Wych: DWI'N CASÁU C H W I O R Y D D MAWR CAS Â PHENOLAU MAWR TEW!

'*Dere* Owena, byddwn ni'n hwyr i'r ysgol,' galwodd Mam.

'Dwi'n dod!' meddwn i, a rhoi herc i lawr y grisiau.

Doedd Indeg a Mam ddim yn amau dim. Roeddwn i'n teimlo fel chwerthin ar y ffordd i'r ysgol. Dywedais i wrth Aneira am y tric gwych roeddwn i wedi'i chwarae, ond chwarddodd hi ddim. Roedd hi'n edrych fel petai hi'n mynd i grio.

'O, Wena, bydd Indeg mor drist. Bydd hi eisiau i'r stafell wely edrych yn hyfryd ar gyfer ei ffrindiau,' meddai hi, yn llawn ing.

'Wel, mae hi *yn* edrych yn hyfryd – fy math *i* o hyfryd, gyda fy mhethau i dros bob man i'w gwneud hi'n stafell wely i mi,' meddwn i.

'Paid â gwylltio, Wena, ond *mae* dy bethau di'n anniben, braidd,' meddai Aneira. 'Druan ag Indeg.'

'Druan â *fi*, heb Ffau Wena,' meddwn i.

Dywedais wrth Rhodri Puw a'i ffrindiau i gyd am fy nhric yn y stafell wely pan oedden ni'n chwarae pêl fas amser cinio. Roedden *nhw* i gyd yn meddwl ei fod yn ddoniol. Chwarddodd Rhodri gymaint, roedd e bron â hollti ei fol.

'Rwyt ti'n *ddoniol,* Wena'r Rhech Fwya,' meddai. 'Mae fy chwaer fawr *i* bob amser yn dweud y drefn. Allwn i byth â dioddef rhannu stafell gyda hi.'

'O, dwi *yn* hoffi Rhodri Puw. Gwnaeth i mi deimlo'n hapus ac yn llawn hwyl eto – ond dechreuais boeni ychydig ar y ffordd adref. Roedd Indeg yn sôn yn ddiddiwedd wrth Lowri a Mai ac Alina am ein stafell wely ni.

'Arhoswch tan y gwelwch chi hi! Dewisais i'r cynllun lliwiau fy hunan. Ac mae hi'n edrych wir yn cŵl, fel stafell wely i ferch yn ei harddegau,' ymffrostiodd Indeg, yn wên o glust i glust.

Roedd hi'n edrych mor hapus, dechreuodd fy stumog gorddi. Efallai fod Aneira'n iawn. Efallai nad oedd fy nhric yn ddoniol o gwbl. Dechreuais edifaru fy mod wedi'i wneud e. Ceisiais alw ar fy holl rymoedd arbennig. Meddyliais am Neidiwr a Nerys a Poli a Hanner Derfel a'r ceffylau i gyd, ac *ewyllysio* y bydden nhw'n codi eu hunain i fyny ac yn rhedeg yn ôl i'r cwpwrdd. Dywedais wrth fy sanau am neidio o'r stafell ac i mewn i'r fasged ddillad. Gwnes i Wena Wych sychu ei neges finlliw o'i cheg. Ewyllysiais i hyn gymaint fel bod Mam yn meddwl tybed pam roeddwn i'n tynnu wynebau rhyfedd.

'Beth sy'n bod, Owena?' sibrydodd yn fy nghlust.

'Dim byd, Mam.'

Doedd Mam ddim yn edrych fel petai hi'n fy nghredu i. 'Wyt ti mewn helynt yn yr ysgol eto?'

'Nac ydw!'

'Wyt ti'n siŵr? Paid â dweud celwydd wrtha i, 'merch fach i.'

'Dwi'n *addo* nad ydw i mewn helynt yn yr ysgol,' meddwn i.

Doeddwn i ddim mewn helynt yn yr ysgol. Ond roeddwn i'n mynd i fod mewn helynt gartref. Go iawn.

Ceisiais ruthro i fyny'r grisiau pan agorodd Mam y drws ffrynt. Roeddwn i eisiau chwyrlïo o gwmpas y stafell wely, gan roi popeth yn ei le cyn i Indeg a'i ffrindiau diflas gamu i mewn iddi – ond cydiodd Mam ynof i.

'Na, aros yn y gegin gyda fi. Gad lonydd i Indeg ddangos y stafell wely i'r merched. Rhoddodd hi lonydd i ti gydag Aneira ar y dechrau pan ddaethoch chi adref o'r ysgol.'

'Ond, Mam, dwi 'mond – '

'Na! Cei di fy helpu i i wneud rhywbeth bach i bawb ei fwyta. Gwrandawa arnaf i nawr!'

Docddwn i ddim yn gallu ceisio cael lloches gyda Dad, hyd yn oed, oherwydd roedd e'n gweld cleient yn ei swyddfa. Roedd rhaid i mi ddilyn Mam i mewn i'r gegin. Clywais lawer o wichian yn dod o lan lofft.

'Mae'n swnio fel petaen nhw'n hoffi'r stafell wely!' meddai Mam yn hapus.

Roedd fy nghlustiau i'n feinach na'i chlustiau hi. Roeddwn i wedi clywed Indeg yn gwichian hefyd. Gwyddwn fy mod i mewn helynt mawr.

Roedd fy nghalon yn curo fel drwm wrth i mi sefyll yn y gegin, yn gosod bisgedi siocled yn fecanyddol ar blât, wrth i Mam arllwys pum smwddi i'n gwydrau ffansi ni.

'Dyna ni,' meddai hi, gan eu rhoi nhw i gyd ar hambwrdd. Edrychodd hi arnaf i. 'Beth *sydd*, Owena? Prin rwyt ti wedi dweud gair ers i ti ddod o' r ysgol.'

'Dwi'n iawn,' atebais mewn llais bach.

'Wyt ti'n teimlo allan ohoni braidd? Edrych, dyma beth wnawn ni. Cei *di* gario'r hambwrdd lan at y merched.'

'Ond – efallai byddaf i'n ei ollwng e,' meddwn i.

'Wel, caria fe'n *ofalus*. Dwi ddim wedi llenwi'r gwydrau'n llawn iawn, felly fyddan nhw ddim yn sarnu. Cymer bwyll, dyna i gyd.'

A dyna wnes i hefyd. Es i fyny'r grisiau'n araf bach. Roedd fy nghlustiau'n ysgwyd fel ystlumod wrth glustfeinio i glywed beth roedden nhw'n ei ddweud. Penderfynais efallai y byddwn i'n dweud ei bod hi'n ddrwg gen i wrth Indeg. Dim byd mawr, dim ond: 'Sori am wneud llanast yn y stafell'.

Gallwn i dacluso popeth mewn dim o dro. Casglu fy anifeiliaid, cicio fy sanau o dan y gwelyau a llithro'r poster oddi ar y bwrdd. Byddai'r stafell yn daclus eto mewn pum eiliad. Gallwn i wneud y cyfan fel petai gen i rym arbennig go iawn, a chwyrlïo o gwmpas. A bydden nhw'n chwerthin am fy mhen ac yn rhedeg eu dwylo dros fy mhen cyrliog a meddwl ei bod hi'n drueni nad oedd ganddyn nhw chwaer fach ddoniol yn union fel fi.

Roedden nhw'n chwerthin *yn barod*. Rhoddais yr hambwrdd ar y llawr ac agor drws y stafell wely. Roedd Lowri a Mai ac Alina'n eistedd ar y bync gwaelod. Roedd fy sanau wedi'u cicio o dan y gwely'n barod. Roedd fy mhoster Wena Wych wedi'i dynnu i lawr a'i rwygo yn ei hanner!

Roedd Indeg yn eistedd ar y llawr yng nghanol fy anifeiliaid i gyd. 'Wir, mae hi mor *druenus*,' roedd hi'n dweud. 'Dwi'n meddwl bod rhywbeth mawr yn bod arni. Mae hi'n ymddwyn fel rhywun dwy flwydd oed. Mae hi'n meddwl' – cydiodd yn Nerys a'i hysgwyd hi – 'mai neidr yw'r peth hurt yma! Neidr, wir i chi. Gall unrhyw un weld mai dim ond hen deits Mam sydd yna.'

Dechreuodd Lowri a Mai ac Alina chwerthin yn hurt. Plygodd Nerys ei phen. Roedd ei lygaid ffelt yn edrych arnaf yn drist.

'Paid!' gwaeddais, gan ruthro i mewn i'r stafell.

Troellodd Indeg Nerys mewn cylchoedd mawr, gan wneud iddi deimlo'n ofnadwy o sâl a phenysgafn.

'Rho Nerys i mi!' sgrechiais.

'Nid Nerys yw hi, dim ond hen deits, y dwpsen,' meddai Indeg, gan ei hongian hi'n union yn fy wyneb. Yn sydyn roedd hi *wir* yn edrych fel hen deits Mam. Roedd ei hwyneb yn edrych yn arswydus.

Gollyngodd Indeg hi ar y carped yn ddirmygus ac yna cododd Hanner Derfel druan o'r llawr. 'Ac edrychwch ar y bwndel diflas yma o fflwff!' meddai hi, gan ei daflu i'r awyr fel pêl. 'Chredwch chi byth. Gludiodd Wena y pen wrth un o fy mrwsys gwallt i, a dweud mai *draenog* oedd e!'

Roedd Alina, Lowri a Mai'n hollti eu boliau'n chwerthin erbyn hyn.

'Edrychwch ar hyn,' meddai Indeg wedyn yn gas, gan godi Poli. Roedd ei phen druan ar gam ac roedd un aden wedi plygu. 'Torrodd hi hon o gefn pecyn creision ŷd, mae hi'n dweud mai parot go iawn yw hi ac mae hi'n gwneud iddi hedfan – *fflap fflap fflap*!' Tynnodd hi Poli druan drwy'r awyr, gan esgus ei bod hi'n hedfan. 'Arhoswch eiliad – mae'n edrych fel parot marw i mi,' gwawdiodd, a dyma hi'n troi Poli ben i waered, a'i chrafangau yn yr awyr.

'Byddi di wedi marw mewn munud,' meddwn i, gan neidio tuag ati.

'O help!' meddai Indeg, gan esgus bod ofn arni. Rhoddodd ei llaw ar fy mrest, a gwthio'n galed i'm cadw draw. 'Mae Wena Wych wedi dod i'm gwasgu'n fflat gyda'i grymoedd arbennig!'

Roedd Alina a Lowri a Mai bron â gwlychu eu hunain dan chwerthin. Baglais ar y mat ac eistedd i lawr yn sydyn.

'O daro, wyt ti wedi bwrw dy ben-ôl mawr *di*?' meddai Indeg.

'Cau dy hen geg, yr hwch!' poerais i.

'O, babi Mami'n crio,' meddai Indeg.

Doeddwn i ddim yn crio. Roedd y sioc wedi dod â dŵr i'm llygaid i, dyna i gyd.

'Hen fabi wyt ti, Wena.'

Fflachiodd rhywbeth yn fy mhen. Rholiais drosodd, neidio i fyny a rhedeg draw at y gwelyau bync. Symudodd Lowri a Mai ac Alina draw i'm hosgoi i, fel petaen nhw'n ofni fy mod yn ymosod arnyn nhw. Cydiais yng ngobennydd Indeg a thynnu Baba o'i chuddfan dywyll.

'*Ti* yw'r babi!' meddwn i. 'Rwyt ti'n rhoi'r argraff dy fod ti'n ferch fawr ond dwyt ti ddim yn gallu mynd i gysgu heb dy hen ddoli glwt!' Cydiais yn Baba gerfydd ei choesau, a'i hysgwyd.

Syllodd Lowri a Mai ac Alina yn gegrwth.

'Nid – nid fy noli i yw hi!' meddai Indeg, ond roedd hi wedi troi'n hollol *goch*, fel petai hi wedi rhoi'r minlliw dros ei hwyneb i gyd. Roedd hi'n amlwg ei bod hi'n dweud celwydd.

Dechreuodd Lowri a Mai ac Alina bwffian chwerthin yn anghyfforddus.

Chwarddais innau'n fuddugoliaethus, fel

hiena. 'Dyna ni! Pwy yw'r babi nawr?' meddwn i, gan droelli Baba drwy'r awyr.

Yna'n sydyn, aeth Baba'n llawer *ysgafnach*. Cwympodd y rhan fwyaf ohoni ar y carped, dros bob man. Y cyfan oedd gen i oedd un o'i hen goesau llipa.

'O!' meddwn i, wedi cael ofn. 'O, Indeg, mae'n ddrwg gen i. Doeddwn i ddim yn bwriadu ei thorri hi.'

Syllodd pawb ar Indeg. Am eiliad roedd hi'n edrych fel petai hi'n mynd i grio. Gallwn weld ei gên yn crynu. Ond yna chwarddodd hi'n ansicr. Rhoddodd bwt i olion Baba â'i throed.

'Dwi ddim yn hidio taten am yr hen beth yna,' meddai, a'i chicio o dan y bync i ganol fy sanau brwnt i.

'Hei, ydych chi wedi gweld fy llun i o Al Lewis?' meddai hi'n syth, gan gydio ynddo fe a'i wthio tuag atyn nhw.

Gwichiodd Lowri a Mai ac Alina yn gyffrous, ac anghofio popeth am Baba. Rhoddais yr hambwrdd o smwddis a bisgedi iddyn nhw a sleifio i ffwrdd.

Pan welodd Mam fi, roeddwn i'n eistedd yn fy nghwman ar y grisiau. 'O druan â ti. Rwyt ti'n edrych yn ddiflas iawn. Wel, chei di ddim chwarae gyda Dad achos mae e'n dal i siarad â'i gleient. Dwi'n meddwl ei bod hi'n gwastraffu ei amser yn llwyr. Dwi'n siŵr mai'r cyfan y mae hi'n ei wneud yw mynd â llond côl o lyfrynnau a dydy hi byth yn dod yn ôl. Beth am ddod i baratoi swper gyda fi, Owena? Dwi'n gwneud treiffl. Cei di lyfu'r bowlen wedyn.'

Roedd Mam yn ceisio bod mor garedig wrtha i, a rywsut roedd hynny'n gwneud i mi deimlo'n llawer gwaeth. Ar ôl i gleient Dad fynd o'r diwedd, darllenodd stori i mi a gwneud pob math o leisiau doniol. Cwtsiais yn dynn wrth ei ymyl a cheisio chwerthin yn y mannau iawn i gyd. Roedd Dad yn bod yn neisach na Mam hyd yn oed, a gwnaeth hynny i mi deimlo'n waeth fyth. Yr eiliad y byddai Lowri a Mai ac Alina'n mynd adre, roeddwn i'n siŵr y byddai Indeg yn dechrau clepian – ac yna byddwn i mewn helynt.

Roeddwn i'n iawn.

Pan oedden nhw i gyd wedi mynd, trodd Mam at Indeg a rhoi cwtsh mawr iddi. 'Gest ti amser hyfryd gyda dy ffrindiau, cariad? Rwy'n siŵr eu bod nhw'n dwlu ar dy stafell wely newydd di!' meddai hi.

Rhythodd Indeg arna i.

'Paid â chlepian, paid â chlepian!' sibrydais.

Ond roedd Indeg bob amser yn clepian.

'Naddo, *ches* i ddim amser hyfryd! Cododd Wena gywilydd mawr arnaf i. Gwnaeth hi lanast mawr yn fwriadol a thaflu ei hanifeiliaid twp dros y lle, a sgrifennu mewn minlliw fod gen i ben-ôl mawr! Bues i bron â marw o gywilydd,' meddai hi.

'*Beth*?'

Ceisiais gael Mam i ddeall, ond allwn i ddim dweud y geiriau'n iawn. Apeliais at Dad, ond roedd e wedi'i syfrdanu hefyd.

'Allaf i ddim credu y gallet ti fod mor gas a sbeitlyd, Owena,' meddai Dad. 'Yn enwedig ar ôl i Indeg wneud ei gorau glas i roi croeso i Aneira, dy ffrind di. Rwyt ti'n codi cywilydd mawr arnaf i.'

Cefais fy anfon yn gynnar i'r gwely, dan gwmwl. Prin y dywedodd Mam a Dad nos da wrtha i pan ddaeth Indeg i'r gwely. Doedd Indeg ddim yn siarad â mi chwaith.

'Mae'n ddrwg gen i am dorri breichiau a choes Baba i ffwrdd,' sibrydais i mewn i'r tywyllwch.

Atebodd Indeg ddim. Arhosodd am rai

munudau ar ôl i Mam a Dad ddiffodd y golau a mynd i lawr y grisiau. Yna cododd allan o'i gwely bync a chropian draw at ddrws y stafell wely.

'I ble rwyt ti'n mynd, Indeg?' sibrydais.

Chymerodd hi ddim sylw. Sleifiodd hi allan. Gorweddais yno'n ddiflas, a Marian yn dynn amdanaf, yn meddwl tybed a oedd hi'n mynd lawr llawr i glepian am Baba eto – ond ar ôl munud dyma hi'n dod yn ôl ar flaenau ei thraed. Roedd hi wedi bod yn y stafell wnïo. Clywais hi'n mynd yn ôl i'w gwely a gwelais olau ei thortsh. Pwysais i lawr dros ymyl fy ngwely bync, gan fwrw fy mhen ar yr ysgol, a gweld bod Indeg yn eistedd ar y gwely, yn gwnïo coes Baba yn ôl wrth ei chorff.

'O, Indeg, ydy hi'n iawn nawr? Dywedais i ei bod hi'n ddrwg gen i,' meddwn i.

'*Bydd* hi'n ddrwg gen ti. Yn ddrwg iawn, iawn, iawn,' meddai Indeg yn fygythiol.

Ddywedodd hi ddim byd arall o gwbl, er i mi ymbil arni i siarad â mi. Pan oedd dwy goes gan Baba eto, diffoddodd Indeg y dortsh a gorwedd. Ar ôl ychydig funudau clywais hi'n anadlu'n ddwfn, yn cysgu'n drwm.

Es i ddim i gysgu am *oesoedd*.

Y bore wedyn roeddwn i mor flinedig, allwn
i ddim dihuno'n iawn. Roeddwn i'n hanner
sylweddoli bod Indeg yn symud o gwmpas y
stafell yn gynnar iawn, ymhell cyn i Mam a Dad
godi, ac roeddwn i'n meddwl tybed beth roedd
hi'n ei wneud – ond wedyn es i gysgu eto. Yn
nes ymlaen clywais Mam yn galw arnaf i godi,
ond trois a chladdu fy mhen o dan y gobennydd.
Gorweddais yno, gan glywed twrw a thrwst y
lorri ailgylchu wrth iddi symud gan bwyll bach
ar hyd y ffordd, ac ar ôl i'r rhuo mawr ddiflannu,
es i gysgu eto.

'Wena! Mae Mam yn dweud bod *rhaid* i ti
ddod nawr i gael brecwast,' meddai Indeg, gan
roi ei phen o gwmpas drws ein stafell wely ni.
Roedd rhywbeth rhyfedd am ei llais.

Codais ar fy eistedd yn y gwely. 'Beth sydd? Beth sy'n bod?' Dechreuodd fy nghalon guro. 'Beth rwyt ti wedi'i *wneud*?'

'Cei di weld,' meddai Indeg yn fygythiol, a chamu'n fras i'r stafell ymolchi.

Dringais yn sydyn i lawr ysgol fy ngwely bync ac edrych o gwmpas y stafell. Roedd fy silff yn wag. Dim sôn am Neidiwr na Nerys na Poli na Hanner Derfel. Roedd hyd yn oed Ceffyl Brith a Gee Ceffyl Bach a Siwgr Lwmp a Coesau Chwim a Dant y Llew a Seren ar goll. Rhedais at fy nghwpwrdd ac agor y drysau. Roedd e'n wag! Agorais gwpwrdd Indeg ond roedd hwnnw'n daclus, yn llawn o'i phethau hi. Edrychais yn y cwpwrdd dillad, yn nroriau bwrdd gwisgo Indeg – edrychais yn ei bocs gemwaith. Edrychais ym mhobman.

Roedd fy anifeiliaid ar goll.

Bydd hi'n ddrwg iawn, iawn, iawn gen ti!

Roedd Indeg wedi dwyn fy anifeiliaid anwes annwyl, druan â nhw! Beth roedd hi wedi'i wneud â nhw? Oedd hi wedi eu rhoi yn y bin sbwriel fel roedd hi wedi bygwth gwneud sawl tro?

Rhedais lawr llawr yn fy mhyjamas, brysio ar draws y cyntedd a draw at y drws ffrynt. Rhuthrais at y bin yn droednoeth – a gweld ei fod *yn wag*. Roedd y lorri ailgylchu newydd alw. Meddyliais am fy anifeiliaid druan yn cael eu dal yn nannedd mawr dur yr  anghenfil ailgylchu. Roeddwn i'n gwybod beth fyddai'n digwydd nesaf. Roeddwn i wedi gweld diwedd *Toy Story 3*.

Dechreuais redeg i lawr llwybr yr ardd, gan weiddi nerth fy mhen, er nad oedd golwg o'r lorri ailgylchu erbyn hyn.

'Owena! Beth yn y byd rwyt ti'n ei wneud? Rwyt ti'n mynd i fy ngwneud i'n ddwl! Cer yn ôl i mewn i'r tŷ, yr *eiliad* yma!' gwaeddodd Mam, gan redeg ar fy ôl a chydio ynof i.

'Ond, Mam, dwyt ti ddim yn deall! Fy *anifeiliaid* i!' sgrechiais.

Agorodd yr hen fenyw fusneslyd drws nesaf ei ffenest a phwyso allan. 'Arswyd y byd, beth yw'r holl sŵn yna? Beth sy'n bod ar Owena?'

'Dim byd! Mae hi'n hollol iawn!' galwodd Mam, mewn llais uchel. Tynnodd fi'n nes ati a hisian yn fy wyneb. 'Cer yn ôl i mewn i'r tŷ yr eiliad yma, a phaid â chodi rhagor o gywilydd arnaf i!' Llusgodd fi'n ôl i mewn i'r tŷ, a minnau'n strancio ac yn cicio.

'Beth yw dy gêm di nawr, Wena?' galwodd Dad o'r gegin. 'Wyt ti'n *crio*?'

'Rhof i rywbeth iddi grio amdano mewn munud!' meddai Mam. 'Nawr cer lan lofft i ymolchi a gwisgo'n *syth bin*. A beth yw'r arogl yna? O na, mae'r tost yn llosgi.'

Aeth Mam a Dad i mewn i'r gegin, gan ffraeo am y tost wedi llosgi. Edrychais i fyny'r grisiau – a dyna lle roedd Indeg yn hongian dros y canllaw, yn wên o glust i glust.

'O daro, ydy dynion y biniau wedi bod yn barod?' meddai hi.

Saethais i fyny'r grisiau fel roced, gan gau fy nyrnau. Hedfanodd Indeg i mewn i'n stafell wely ni a cheisio cau'r drws yn fy erbyn, ond teflais fy hun ato a'i wthio ar agor.

'Yr hwch gas, sbeitlyd, rwyt ti wedi dwyn fy anifeiliaid i gyd!' gwaeddais, gan ei bwrw gymaint byth.

Plygodd i osgoi fy nyrnau, a chwerthin. '*Dywedais* i wrthot ti y byddai hi'n ddrwg iawn, iawn, iawn gen ti,' meddai hi, yn annioddefol o hunanfodlon. 'Ti achosodd hyn i gyd, yn gwneud yr holl lanast yna ac yna'n tynnu Baba'n ddarnau.'

Baba! Rhedais at wely bync Indeg, teimlo o dan ei gobennydd a thynnu Baba allan. Iawn! Os oeddwn i wedi colli fy anifeiliaid annwyl i gyd, yna roedd Indeg yn mynd i golli ei hen ddoli glwt dwp.

'Rho Baba i mi!' meddai hi, gan boeni'n sydyn.

Roeddwn i'n llawer rhy gyflym iddi hi. Rhedais i fyny ysgol y gwely bync fel mwnci, gollwng fy hun yn drwm ar y bync uchaf, a rhwygo Baba'n ddarnau. Daeth y goes roedd Indeg newydd ei gwnïo i ffwrdd yn syth, *a*'r un arall, ac – yn erchyll o fuddugoliaethus – tynnais yn galed unwaith a daeth ei phen i gyd i ffwrdd.

'Baba!' sgrechiodd Indeg, a dechrau dringo'r ysgol i'w hachub hi.

'Cadw draw! Cer o 'ma!' meddwn i, gan gicio â'm traed, yn benderfynol o rwygo Baba'n ddarnau mân yn gyntaf. Ciciais eto nerth fy nhraed – a dyma'r ysgol i gyd yn dechrau mynd yn simsan, wrth i'r bachau bach ar y pen ddod yn rhydd. Sgrechiodd Indeg eto a cholli ei gafael ar y gris. Roedd hi fel petai hi'n hofran yn yr awyr am ychydig, yn gegrwth – ac yna cwympodd i'r llawr yn drwm iawn.

Eisteddais yn llonydd ar y bync uchaf, yn syllu arni, a darnau o Baba yn fy nwylo. Roedd Indeg yn gorwedd yn llonydd hefyd, ar ei chefn, a'i phen yn gam.

'Indeg?' meddwn i'n gryg.

Atebodd Indeg ddim.

Llyncais. 'Plîs, Indeg. Rwyt ti'n iawn, on'd wyt ti?' sibrydais.

Gollyngais Baba ac yna codais fy hun yn ofalus dros ymyl y gwelyau bync, gan anwybyddu'r ysgol simsan. Penliniais wrth ymyl Indeg. Roedd ei llygaid hi ar gau, a'i cheg fymryn ar agor o hyd. Allwn i ddim gweld gwaed yn unman. Roedd hi'n edrych fel petai hi'n cysgu.

'Indeg, dihuna!' meddwn i. Estynnais a rhoi ysgydwad bach iddi. 'Paid, rwyt ti'n codi ofn

arnaf i. Dwi'n gwybod
mai dim ond chwarae
rwyt ti. Agor dy
lygaid!'

Chymerodd hi ddim sylw. Dyma fi'n ei goglais
hi o dan ei gên. Mae Indeg yn llawn goglais a
bydd hi bob amser yn codi ei hysgwyddau ac yn
gwichian os wyt ti'n goglais ei gwddf. Symudodd
hi ddim gewyn.

'O, Indeg!' meddwn i. Ac yna gwaeddais
nerth fy mhen: '*Mam*! *Dad*! *Dewch yn glou*!'

'Beth sydd *nawr*? A beth oedd yr ergyd yna?
Dwi'n dy rybuddio di, Owena, dwi bron iawn
â chael llond bol ar dy driciau dwl di, ydw wir,'
gwaeddodd Mam wrth redeg i fyny'r grisiau
– ond yna tynnodd anadl sydyn wrth ddod i
mewn i'n stafell ni. Taflodd ei hun i lawr ar y
carped wrth ymyl Indeg, a phlygu dros ei phen.

'Nefoedd wen!' sibrydodd.

Rhedodd Dad i mewn hefyd. Cafodd un cip ar Indeg, ac yna rhedeg i nôl ei ffôn.

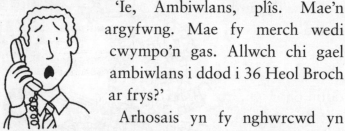

'Ie, Ambiwlans, plîs. Mae'n argyfwng. Mae fy merch wedi cwympo'n gas. Allwch chi gael ambiwlans i ddod i 36 Heol Broch ar frys?'

Arhosais yn fy nghwrcwd yn y gornel, gan grynu. Dyma ni. Roeddwn i wedi gwneud pethau ofnadwy yn fy nydd, ond dyma'r peth gwaethaf eto. Roeddwn i wedi lladd fy chwaer.

Penliniodd Mam a Dad bob ochr i Indeg, gan gydio yn ei dwylo a sibrwd wrthi. Roeddwn i'n aros iddyn nhw edrych draw ataf i a gofyn i mi am y ddamwain. Ac yna beth bydden nhw'n ei wneud? Mae'n debyg y bydden nhw'n fy nghasáu i am byth, a fyddwn i ddim yn eu beio nhw. Roeddwn i'n casáu fy hun hefyd. A fydden nhw'n clepian wrth yr heddlu? A fyddwn i'n gorfod sefyll fy mhrawf am lofruddiaeth ac yn cael fy anfon i'r carchar? Ond doeddwn i ddim wedi *bwriadu* ei llofruddio hi, oeddwn i? Edrychais i lawr ar fy nwylo. Roedden nhw'n dal i gydio yn wyneb ac yn un goes Baba. Gollyngais nhw, ac aeth ias drwy fy nghorff.

Yna daeth pobl yr ambiwlans. Gwrandawon

nhw ar frest Indeg, ac yna rhoddon nhw hi mewn brês gwddf a'i llithro hi ar wely cludo.

'Ydy hi wir wedi marw?' sibrydais, ond chlywon nhw ddim ohonof i, hyd yn oed.

Dywedon nhw y gallai Mam fynd gydag Indeg yn yr ambiwlans ac y byddai'n rhaid i Dad ddilyn yn ei gar.

'O'r gorau, Wena. Dere,' meddai Dad. Gwelodd fy mod yn droednoeth. 'Gwisga dy esgidiau. Yn glou.'

Gwthiais fy nhraed i mewn i'r esgidiau Converse a'i ddilyn. 'Mae ofn ysbytai arnaf i,' meddwn i o dan fy ngwynt.

'A finnau hefyd,' meddai Dad. 'Ond mae'n rhaid i ni gyrraedd yno i fod gydag Indeg.'

'Dad – Dad, roedd Indeg yn edrych fel ei bod hi *wedi marw*,' meddwn i.

'Paid,' meddai Dad. 'Bydd – bydd hi'n iawn. Dwi'n siŵr y bydd hi. Mae hi'n anymwybodol achos mae hi wedi cael ergyd ar ei phen. A gwympodd hi oddi ar yr ysgol? Allaf i ddim *credu* na wnes i ei gosod hi'n fwy diogel.'

'Nid ti oedd ar fai, Dad,' meddwn i. Doeddwn i ddim yn ddigon dewr i ddweud mai *fi* oedd ar fai am bopeth. Roeddwn i'n ceisio agor fy ngheg o hyd i ddweud hynny. Roeddwn i'n agor fy ngwefusau ond doedd dim sŵn yn dod allan.

Pan gyrhaeddon ni'r ysbyty, roedd rhaid i ni yrru rownd a rownd y maes parcio i ddod o hyd i le. Yna rhedon ni rownd a rownd yr holl adeiladau coch, i geisio cael gwybod ble roedden nhw wedi mynd ag Indeg. O'r diwedd daethon ni o hyd i'r dderbynfa gywir yn yr Uned Ddamweiniau ac Achosion Brys. Roedd Indeg i fod mewn ciwbicl yn y pen, ond pan dynnon ni'r llenni'n ôl, doedd dim sôn amdani. Cydiodd Dad a minnau yn nwylo ein gilydd, a syllu ar y gwely gwag.

'O, Dad, maen nhw wedi mynd â hi! Mae'n *rhaid* ei bod hi wedi marw,' meddwn i, gan ddechrau llefain.

'Nac oes, nac oes, maen nhw'n rhoi profion iddi neu brawf pelydr-X – rhywbeth fel yna,' meddai Dad, ond roedd cledr ei law yn chwys oer.

Aeth Dad i holi ble roedd Indeg, tra eisteddais i ar ben y gwely gyda fy llygaid yn dynn ar gau, gan wneud pob math o addewidion yn fy mhen. Addewais na fyddwn i byth yn ymladd ag Indeg eto, dim ond iddi wella. Roeddwn i'n dal i deimlo saeth o boen wrth feddwl am fy anifeiliaid druain. Allwn i ddim maddau i Indeg am wneud rhywbeth mor ofnadwy – ond doeddwn i ddim eisiau iddi *farw*.

'Popeth yn iawn, Gwrlen,' meddai Dad, wrth ddod yn ôl i mewn i'r ciwbicl. 'Fi oedd yn iawn – maen nhw wedi mynd â hi i gael rhyw fath o sgan. Awn ni i geisio dod o hyd iddi. O'r gorau?'

Cerddon ni ar hyd milltiroedd o goridorau, gan ddilyn llwybrau coch a llwybrau gwyrdd a dringo grisiau a throi corneli. O'r diwedd, daethon ni o hyd i Mam yn pwyso yn erbyn y wal, ei hwyneb yn wyn fel y galchen a'r dagrau'n llifo ar hyd ei bochau.

'O, Mam, ydy hi wedi marw?' llefais.

'Nac ydy, nac ydy, cariad. Dere 'ma.' Agorodd Mam ei breichiau a rhoi cwtsh fawr i mi.

Cydiais ynddi. Siglodd Mam fi'n ôl ac ymlaen,

fel petawn i'n faban bach. Dechreuais grio mwy wedyn oherwydd roeddwn i'n siŵr y byddai hi'n fy ngwthio i ffwrdd oddi wrthi petai hi'n gwybod beth roeddwn i wedi'i wneud.

'Mae Indeg yn cael sgan ar ei phen ar hyn o bryd, dim ond i wneud yn siŵr ei bod hi'n iawn. Ond mae hi wedi dihuno'n barod, ac mae hynny'n amlwg yn arwydd da iawn,' meddai Mam.

'Mae hi wir yn ymwybodol?' meddai Dad, gan ymuno yn y cwtsh.

'Wel, mae hi'n dal i fod braidd yn ddryslyd, ac maen nhw eisiau ei chadw hi mor dawel ag sy'n bosib ar hyn o bryd – ond mae ei llygaid hi'n agored ac mae hi'n dilyn popeth.'

 Yna cafodd Indeg ei hun ei gwthio'n ôl ar droli. Roedd hi'n gorwedd o hyd ac roedd hi'n edrych yn welw ac yn llipa iawn, ond roedd ei llygaid hi *wir* ar agor.

'O, Indeg!' meddai Dad, ac am yr ail dro yn fy mywyd gwelais e'n llefain. 'Ydy hi wir yn iawn?' gofynnodd i'r nyrs.

'Cyn belled ag y gallwn ni ddweud, mae hi'n iawn,' meddai'r nyrs. 'Ond er mwyn bod yn siŵr caiff hi fynd i ward y plant dros nos i ni gael cadw llygad arni.'

'Gaf i aros gyda hi?' gofynnodd Mam.

'Wrth gwrs y cewch chi,' meddai'r nyrs.

Nodiodd hi arnaf i. 'Cei di ddod yn ôl i weld dy chwaer eto amser ymweld, Frenhines y Pyjamas.'

'Beth?'

Tynnodd Mam anadl sydyn. 'O, er mwyn popeth, Owena, rwyt ti'n dal i wisgo dy byjamas! Beth sy'n bod arnoch chi'ch dau?'

Dywedodd hi'r drefn wrth Dad a fi, ond mewn ffordd annwyl. Ddywedodd Indeg ddim byd, ond gwenodd arnaf i. Roeddwn i eisiau rhoi cwtsh enfawr iddi, ond roedd hi'n codi ofn arnaf i, yn gorwedd yno'n llipa fel Baba druan.

Aeth Dad â fi'n ôl i'r maes parcio, gan wneud ei orau i'm gwarchod, rhag i bobl syllu arnaf i yn fy mhyjamas.

Pan gyrhaeddon ni adre, curodd Dad gledr ei law ar ei dalcen. 'O na, dwi newydd gofio – mae gen i gleient yn dod i drafod dewis o fordeithiau. Mae'n debyg ei bod hi'n well i mi ei gweld hi. Cer di i ymolchi a gwisgo, Wena, ac yna cer i chwarae'n dawel yn dy stafell,' meddai.

Es lan lofft, allan o'r ffordd. Allwn i ddim dioddef gweld yr ysgol yn gorwedd ar ei hochr, felly codais hi a llwyddo i'w bachu'n ôl yn ei lle.

Roeddwn i'n teimlo mor wael yn y stafell oedd yn llethol o wag, dyma fi'n cydio yn Marian a mynd i'r tywyllwch o dan y gwelyau bync. Llithrodd rhywbeth yn fy erbyn, pigodd rhywbeth fys fy nhroed, gwthiodd rhywbeth ei drwyn yn fy erbyn. Tynnais anadl, a dechrau teimlo o'm cwmpas yn wyllt. Roedd pob un o'r anifeiliaid yn cuddio o dan y gwely! Roedd Neidiwr yno hyd yn oed, er ei fod wedi'i wasgu'n anghyfforddus a'i ben o dan ei bawennau. Doedd Indeg *ddim* wedi'u rhoi nhw yn y bin sbwriel! Dim ond eu cuddio nhw wnaeth hi, er mwyn dysgu gwers i mi. A dyma nhw, yn ddiogel . . . tra oedd Baba druan yn ddarnau ac Indeg yn gorwedd yn yr ysbyty.

Achubais fy anifeiliaid i gyd a'u gosod yn daclus ar fy ngwely bync uchaf gyda Marian, i gael dod dros y profiad. Yna chwiliais fan hyn a fan draw, gan gasglu'r darnau o Baba. Es i stafell wnïo Mam, gan arswydo wrth weld yr holl ffrogiau a'r gwisgoedd ffansi'n hongian o'r rheilen mewn bagiau plastig, a nôl nodwydd ac edau. Yna eisteddais yn fy stafell wely a dechrau'r broses hir, anodd, lafurus o roi Baba at ei gilydd eto.

Doeddwn i ddim yn dda am wnïo fel Indeg. Dim ond ymyl yr arth ddu o glustog roeddwn i wedi'i gwnïo erioed. Eisteddais ar ben yr arth a chwyrnodd hi i'm hannog. Roedd fy mhwythau'n ofnadwy o fawr i ddechrau, ac roedd pen Baba'n siglo hyd yn oed pan oedd wedi'i wnïo'n ôl. Roedd rhaid i mi ddatod y pwythau i gyd a dechrau eto. Y tro hwn llwyddais i wneud pwythau pitw bach, ac o'r diwedd roedd pen Baba'n gadarn ar ei hysgwyddau.

Cymerodd cleient Dad oesoedd, ac yna cerddodd i ffwrdd a dweud y byddai hi'n meddwl dros y peth. Daeth Dad lan lofft dan ochneidio, i weld beth roeddwn i'n ei wneud – a chafodd sioc wrth fy ngweld i'n gwnïo Baba.

'O, Wena, rwyt ti'n drysor bach!' meddai Dad. 'Rwyt ti'n gwnïo'r hen Faba er mwyn mynd â hi i Indeg yn yr ysbyty! Trueni na all dy fam dy weld di nawr. Rwyt ti'n ferch *hynod* o dda!'

'Dwi ddim, Dad. Dwi'n ddrwg. Dwi'n ddrwg iawn, iawn,' meddwn i'n ddiflas. Ceisiais ddweud wrtho, ond allwn i ddim cael y geiriau i ddod dros fy ngwefusau. Dechreuais grio eto, wrth boeni am Indeg. 'Dad, wyt ti'n meddwl y bydd Indeg *wir* yn gwella'n llwyr?'

'Ydw, dwi'n siŵr y bydd hi. Edrych, dwyt ti ddim i fod i ffonio pobl yn yr ysbyty, ond anfonaf i neges destun at Mam, i holi sut mae hi.'

Sut mae Indeg? teipiodd Dad.

Anfonodd Mam neges yn ôl. Yn edrych yn llawer gwell!

Dechreuais wnïo coes Baba yn ôl eto, ac aeth Dad i ateb y drws. Mam Aneira oedd yno! Roedd hi'n poeni'n fawr pan ddywedodd Dad wrthi fod Indeg yn yr ysbyty, ond wedyn holodd hi a allai hi gael gair ag ef 'o ran ei waith'.

Roeddwn i'n meddwl ei bod hi eisiau iddo fe drefnu gwyliau iddi hi. Buodd hi yn ei swyddfa am oesoedd. Gwnïais Baba nes ei bod hi fel newydd (wel, bron), ac yna cydiais yn dynn ynddi a'i magu, a dweud wrthi y byddwn i'n mynd â hi i weld Indeg yn y prynhawn.

Ar ôl i Dad hebrwng mam Aneira i'r drws ffrynt, rhedodd i fyny'r grisiau ataf i. 'Dyfala beth!' meddai.

'Rwyt ti wedi trefnu gwyliau i fam Aneira?'

'Nac ydw. Mae'n well na hynny!'

'Mae hi eisiau i Mam wneud un o'i ffrogiau llawn ffrils?' meddwn i. 'O, Aneira *druan*.'

'Nac ydy, nad ydy, dydy hi ddim eisiau i Mam

wneud gwaith drosti. Mae hi eisiau i *mi* wneud! Roedd hi wedi dwlu ar eich uned silffoedd chi ac mae hi eisiau i mi wneud rhywbeth tebyg yn stafell wely Aneira. Esboniais i nad ydw i'n saer go iawn na dim byd, ond mae hi fel petai hi'n meddwl nad oes neb yn well na mi. Gofynnodd hi faint fyddai'r uned yn ei gostio ac awgrymais i swm bach teidi, wir, ond mae hi fel petai hi'n hapus iawn gyda fe. O, Wena, dyna wych! Bydd Mam wrth ei bodd.'

'Wnei di anfon neges arall at Mam, dim ond i weld a yw Indeg yn dal i fod yn iawn?' gofynnais.

Felly anfonodd Dad neges: Indeg? ac atebodd Mam: Yn gwbl effro ac yn siarad!

Rhoddodd Dad gwtsh hapus i mi. Roeddwn i'n teimlo'n hapus iawn hefyd fod Indeg wir yn swnio'n well – ac roeddwn i'n ofnus iawn rhag ofn ei bod hi'n siarad amdanaf *i*, yn dweud wrth Mam mai fi giciodd hi oddi ar yr ysgol.

Gwnaeth Dad ffa pob ar dost i ginio i ni. Fel arfer dyna un o fy hoff brydau bwyd, ond roeddwn i'n poeni cymaint, roedd hi'n anodd ei lyncu i gyd. Yna i ffwrdd â ni i'r ysbyty eto. Roedd

Baba gen i wedi'i lapio'n ofalus mewn blanced fach i'w rhoi i Indeg. Roedd pen, breichiau a choesau ganddi eto, er ei bod hi'n edrych braidd yn llipa. Roeddwn innau'n teimlo braidd yn llipa hefyd. Roeddwn i'n gobeithio na fyddwn i'n chwydu'r ffa pob yn syth. Cefais sgwrs hir â Wena Wych yn fy mhen, gan ofyn iddi ddefnyddio ei grymoedd arbennig i wella Indeg yn llwyr – heblaw am fethu cofio un cyfnod bach, y bore 'ma.

Cymerodd hi hyd yn oed yn fwy o amser i ni ddod o hyd i le ym maes parcio'r ysbyty gan fod cymaint yn fwy o bobl yn dod ar gyfer amser ymweld am ddau o'r gloch. Yna roedd taith hir arall ar hyd llwybrau glas a llwybrau melyn, y tro hwn i ddod o hyd i ward plant yr ysbyty.

Roedd coridor hir yn arwain at ward y plant. Roedd paent lliw brown a hufen ar hyd y rhan fwyaf ohono. Ond roedd un adran yn y pen draw wedi'i phaentio fel awyr las lachar gyda chymylau gwyn ac enfys. Roedd merch â gwallt byr pigog, yn gwisgo jîns oedd yn baent i gyd, ar ben ysgol yn peintio haid o adar gwyrdd llachar.

'O, waw!' meddwn i, wrth weld y llun. 'Doeddwn i ddim yn gwybod eich bod chi'n cael peintio ar *waliau*!'

'Paid â meiddio gwneud hynny gartref, Wena,' dwrdiodd Dad.

Gwenodd y ferch arnaf o'i hysgol. 'Mae'n hwyl,' meddai hi.

'Dydw i ddim wedi gweld adar *gwyrdd* erioed,' meddwn i. 'Maen nhw wir yn wych.'

'Paracitiaid ydyn nhw – ond gallwn i baentio adar o bob lliw, o ran hwyl. Adar pinc, adar oren, adar porffor. Adar amryliw.'

'Adar tartan, fel fy esgidiau i!' meddwn i.

'Paid â bod yn ddwl, Wena!' ochneidiodd Dad, ond roedd y ferch yn edrych yn falch.

'Syniad gwych,' meddai hi.

'O, mae Wena'n llawn syniadau gwych,' meddai Dad. 'Dere nawr, gad i ni ddod o hyd i Indeg.'

Dechreuodd fy stumog gorddi eto. Aethon ni drwy'r drysau i mewn i'r ward a syllu ar hyd y rhesi o welyau. Chwiliais am wyneb gwelw a chorff llipa'n gorwedd o dan y cynfasau. Cefais syndod o weld Indeg yn y pen, ar ei heistedd, ei bochau'n binc, ac yn gwenu.

'O, Indeg!' meddwn i, gan redeg i lawr y ward a thaflu fy mreichiau amdani.

'Gan bwyll, gan bwyll, Owena, mae hi'n dal i fod ychydig yn fregus!' meddai Mam, ond doedd hi ddim yn swnio'n grac.

'O, Indeg, rwyt ti *wir* yn well!' meddwn i, gan ei chwtsio'n dynn.

'Ydw, dwi'n iawn nawr, Wena! Rwyt ti'n fy ngwasgu i!' meddai Indeg. Teimlodd am y blanced. 'Beth yw hwnna?'

'Dwi wedi dod â Baba i ti,' meddwn i, gan wneud i'w phen edrych allan o'r flanced. 'Gwnïais hi'n ôl eto. Mae'n ddrwg iawn gen i,' sibrydais.

'Dydy hi ddim eisiau'r hen beth brwnt, salw yna yn yr ysbyty,' meddai Mam.

'Ydw 'te,' meddai Indeg, gan gymryd Baba, a oedd yn dal wedi'i lapio yn ei blanced, a'i rhoi'n dwt o dan y cynfas.

'Dwi mor falch dy fod ti'n edrych yn hwylus

eto, cariad,' meddai Dad, gan roi cwtsh i Indeg hefyd. 'Cawson ni ofn ofnadwy. Dwi'n mynd i gywiro'r ysgol yna fel na fydd hi byth yn gallu llithro eto.'

'Ie, sut yn union digwyddodd e, Indeg?' gofynnodd Mam, a chydio yn ei dwylo.

Llyncais. Edrychodd Indeg ar Mam. Edrychodd hi ar Dad. Edrychodd hi arnaf i, yn hir ac yn graff. Roedd hi'n cofio'n iawn. Daeth sŵn rhuo yn fy nghlustiau wrth i mi aros am ei hateb hi. Roedd y ffa pob yn ffrwtian yn fy stumog. Dyma ni. Roedd Indeg bob amser yn clepian. Roedd hi'n mynd i glepian nawr, a byddai Mam a Dad yn fy nghasáu i am byth.

Roedd Indeg yn dal i edrych i fyw fy llygaid. Gwelodd hi'r ing yn fy wyneb. Oedodd hi. Yna rhoddodd hi winc fach, fach i mi.

'Dwi ddim yn gwybod yn iawn beth ddigwyddodd. Llithro wnes i, dyna i gyd,' meddai hi.

'Ond pam roeddet ti'n dringo'r ysgol yn y lle cyntaf?' gofynnodd Mam. 'Bync Owena yw'r un uchaf.'

'O, dim ond chwarae roedden ni,' meddai Indeg. 'Mam, dwi'n teimlo cymaint yn well. Does dim pen tost gen i. Dwi ddim yn teimlo'n dost. Pam na allaf i ddod adref nawr?'

Buodd hi'n siarad fel pwll y môr, a Mam a Dad a minnau'n eistedd yno'n syfrdan. Doedd hi ddim wedi clepian! Efallai nad oedd Indeg yn teimlo'n dost nawr, ond roeddwn *i*'n teimlo'n dost! Nid dim ond yn dost gan ryddhad. *Wir* yn dost.

'Mam, mae angen toiled arna i,' meddwn i'n sydyn.

'Mae e ar hyd y coridor, hanner ffordd i lawr,' meddai Mam. 'Dof i gyda ti.'

'Dof i o hyd iddo fe,' meddwn i, ac i ffwrdd â mi ar wib. Doedd dim amser i ddweud helô wrth y ferch oedd yn peintio ar yr ysgol. Cael a chael oedd hi, ond saethais i mewn i doiledau'r merched a chwydu. Chwydais  i'n daclus iawn i lawr y toiled, yna golchais fy ngheg â dŵr wrth y basn. Syllais ar fy hun yn y drych. Roedd popeth yn iawn! Roedd Indeg yn well – a doedd hi ddim wedi clepian! Doedd hi ddim eisiau i mi fynd i helynt. O, roeddwn i'n caru caru *caru* fy chwaer gymaint!

Gwnes ddawns fach o lawenydd wrth i mi

ddod allan o'r toiledau. Chwarddodd y ferch oedd ar ben yr ysgol.

'Maen nhw'n esgidiau gwych, on'd ydyn nhw?' meddai hi. Amneidiodd arnaf. 'Dere i weld.'

Rhedais ati a gweld ei bod hi wedi peintio aderyn bach gyda sgwariau bach coch a melyn, *yn union* fel fy esgidiau Converse.

'O, dwi'n *dwlu* arno fe!' meddwn i.

'Dy syniad di oedd e, nid fy un i,' meddai hi. 'Beth arall ddylwn i ei beintio? Dwi eisiau gwneud iddo fe fod yn llun hapus, llachar gyda llwythi o bethau i blant edrych arnyn nhw.'

Syllais ar yr awyr las. 'Gallet ti baentio Batman a Superman a Spider-Man yn hedfan drwy'r awyr,' awgrymais.

'Ardderchog!' medda hi.

'Ac – ac efallai Wena Wych?' ychwanegais a'm gwynt yn fy nwrn.

'Pwy yw Wena Wych?'

'Fy archarwr i yw hi,' atebais. 'Fi feddyliodd amdani hi. Dwi'n gwneud llawer o storïau comics amdani hi.'

'Gwych! Sut mae hi'n edrych, 'te?'

'Wel . . . mae hi'n eithaf tebyg i fi, ond yn

llawer henach ac mae hi'n dalach hefyd. Mae breichiau mawr ganddi i fwrw'r holl bobl gas, a choesau hir er mwyn neidio'n syth i'r awyr,' meddwn i, gan ddangos iddi.

'Tynna ei llun hi i mi,' meddai'r ferch, gan gynnig pensil i mi.

'Ar y *wal*?' gofynnais. Roedd fy llaw yn hofran yn yr awyr. Roeddwn i *wir* eisiau gwneud. 'Ond beth petawn i'n gwneud llanast? Dwi'n eithaf da am dynnu llun, ond ddim cystal â ti.'

'Beth am roi cynnig arni? Gallet ti dynnu'r llun yn ysgafn iawn, felly os nad wyt ti'n ei hoffi fe, gallwn i baentio drosto'n syth, yn hawdd fel baw. Dere, rho gynnig arni, Wena.'

'Sut rwyt ti'n gwybod fy enw?'

'Clywais i dy dad yn siarad â ti. Gwen yw fy enw i – bron yr un peth.'

Cymerais y pensil a dechrau tynnu llun ysgafn, ysgafn ar y wal, gan ddal fy anadl. Ond neidiodd Wena Wych yn syth allan o flaen y pensil, fel arfer. Roeddwn i'n ei hadnabod hi mor dda, siglodd fy llinell ddim unwaith.

'Mae hi'n edrych yn dda,' meddai Gwen. Crafodd ei gwallt pigog.

'Wwps! Mae darn o baent glas yn dy wallt di nawr,' meddwn i.

'O wel, bydd rhaid i mi esgus mai lliw gwallt gwirion yw e,' meddai Gwen. 'Hei, Wena, mae e wir yn *dda*. Mae Wena Wych yn hedfan fry!'

'Efallai y gallwn i wneud Gwen Wych hefyd,' meddwn i hefyd. 'Ai Gwen yw dy enw llawn di?'

'Nage, Gwenhwyfar, ond dwi'n ei gasáu e. Does neb yn fy ngalw i'n hynny, ar wahân i Mam pan fydd hi'n grac gyda fi.'

'Owena ydw i. Mae fy mam *i*'n fy ngalw i'n hynny drwy'r amser – ond mae hi'n aml yn grac gyda fi hefyd a dweud y gwir. Allaf i ddim credu hyn. Rwyt ti fel chwaer fawr i mi. O! Gwell i mi fynd yn ôl at fy chwaer *go iawn*,' meddwn i.

Ar hynny daeth Dad allan i'r coridor. '*Dyna* lle rwyt ti, Wena! Dylwn i fod wedi dyfalu,' meddai.

'Mae hi wedi bod yn fy helpu i,' eglurodd Gwen. 'Efallai y gall hi ddod i helpu eto pan fyddwch chi'n ymweld â'i chwaer hi?'

'Dwi'n meddwl y bydd hi'n dod adref fory,' meddai Dad.

'O!' meddwn i, yn siomedig. Roeddwn i bron yn gobeithio y byddai Indeg yn teimlo ychydig yn waeth eto. *Bron* – ond ddim go iawn.

'Wel, dim ots, Wena. Dwi'n gobeithio bod

o gwmpas y dref eithaf tipyn, yn peintio murluniau,' meddai Gwen. 'Gadewais i'r coleg celf y llynedd ond dwi ddim wedi gwerthu un llun erioed, felly dwi'n trio hyn yn lle hynny. Dwi'n ceisio sefydlu fy  musnes fy hun. Dwi'n gwneud hyn i'r ysbyty am ddim. Mae'n anodd sefydlu busnes y dyddiau hyn.'

'Dwi'n gwybod yn iawn!' cytunodd Dad.

Roedd e'n hoffi Gwen yn fawr hefyd. Soniodd e wrthi am ei wasanaeth teithio ac fel nad oedd e wedi llwyddo, ond efallai nawr y byddai e'n dechrau gweithio fel saer yn dylunio unedau silffoedd. Soniodd e am Mam hefyd, a'i gyrfa newydd yn gwnïo.

Ddywedais i ddim llawer. Roeddwn i'n rhy brysur yn canolbwyntio. Roedd Gwen wedi benthyg ei brwsh peintio i mi ac roeddwn i wrthi'n ofalus iawn yn peintio clogyn oren Wena

Wych, y diwnig las a'r teits coch a'r esgidiau Converse tartan. Roedd y rhain yn arbennig o anodd, ond es i ddim dros y llinellau *unwaith*.

'Er mwyn popeth!' meddai Mam, gan ddod allan i'r

coridor hefyd. 'Roeddwn i'n meddwl eich bod chi'ch dau wedi mynd ar goll. Beth rwyt ti'n ei *wneud*, Owena?'

'Mae hi'n fy helpu i gyda fy murlun,' meddai Gwen. 'O waw, Wena, mae hi'n edrych yn hollol wych!'

Syllon ni ar Wena Wych yn holl ysblander y lliwiau roeddwn i wedi'u peintio mor ofalus.

'Wena Wych yw hi!' meddai Dad, gan chwerthin. 'Mae hi'n edrych yn wych, Wena!'

Cerddodd Mam reit at y wal, i gael golwg well. 'Ai ti baentiodd hi ar dy ben dy hunan, go iawn, Owena?' gofynnodd.

Nodiais yn falch.

'Wel, mae e'n dda iawn,' meddai hi. 'Yn dda iawn, iawn. Dim sgribls, dim staeniau – mae'n edrych yn broffesiynol, bron! Er dwi ddim yn deall pam mae'n rhaid i ti dynnu llun y cymeriad comig dwl yna drwy'r amser.'

'Dwi'n dwlu ar Wena Wych,' meddai Gwen. Chwiliodd hi ym mhoced gefn ei jîns a dod o hyd i gerdyn. 'Dyna ni – mae fy rhif ffôn a fy e-bost arno fe. Dwi newydd feddwl – efallai y gallwn i redeg gweithdai celf i blant yn ystod y gwyliau? Efallai yr hoffai Wena ddod draw?'

Efallai?!

Aethon ni'n ôl i weld Indeg a siaradais i'n ddiddiwedd am Gwen, fy ffrind newydd, a'm gyrfa newydd wych yn peintio murluniau.

Rholiodd Indeg ei llygaid. 'Mae'n rhaid i ti addo na fyddi di byth yn peintio ar waliau ein stafell wely *ni*, Wena,' meddai. 'Os dof i o hyd i'r *smotyn* lleiaf o Wena Wych yn unman, byddi hi'n ddrwg iawn, iawn gen ti.'

'Wnaf i ddim, dwi'n addo,' meddwn i. Edrychais i i fyw ei llygaid hi. 'Mae arnaf i ffafr fawr i ti, Indeg. Dwi'n mynd i gadw ein stafell wely ni'n hynod o daclus nawr, a byddaf i'n cadw fy nillad i gyd i gadw a rhoi fy anifeiliaid yn daclus yn y cwpwrdd. Fi fydd y chwaer orau erioed, Indeg, cei di weld.'

Chwarddodd Indeg a Mam a Dad am fy
mhen – ond roeddwn i o ddifrif. Wrth fynd
i'r gwely'r noson honno, rhoddais fy sanau a'r
nicers yn y fasged ddillad, a rhoi cusan nos da
i Neidiwr a Nerys a Poli a Hanner Derfel a'u
rhoi nhw'n gyfforddus yn y cwpwrdd. Gosodais
i Ceffyl Brith a Gee Ceffyl Bach a Siwgr Lwmp
a Choesau Chwim a Dant y Llew a Seren i gysgu
ar eu silff, gan wneud iddyn nhw i gyd orwedd
yn daclus yr un ffordd. Gwnes i ymdrech enfawr,
er nad oedd Indeg yno i sylwi.

Cywirodd Dad ysgol y gwelyau bync fel na
allai hi lithro byth eto.

'Ond mae'n rhaid i ti fod yn ofalus iawn, iawn
o hyd, Owena,' meddai Mam. 'Gorau po gyntaf
pan fyddwn ni'n gallu fforddio dau wely sengl!'

Rhoddodd hi a Dad gusan nos da i mi.
Dywedodd Dad wrtha i am gysgu'n dawel.

220

Allwn i ddim cysgu'n dawel am oesoedd. Lapiais Marian yn dynn amdanaf, ond rywsut doedd hi ddim yn ddigon o gwmni. Roedd hi'n teimlo mor dawel a llonydd yn y stafell wely fawr ar fy mhen fy hun. Roeddwn i'n gwybod bod Indeg yn mynd i fod yn iawn. Roedd Mam yn mynd i'w chasglu hi o'r ysbyty yn y bore. Ond roeddwn i'n dal i boeni hyd yn oed wedyn. Roedd bod hebddi hi'n teimlo mor rhyfedd. Roeddwn i eisiau sibrwd a chwerthin a chwarae gyda hi. Efallai ein bod ni'n ymladd drwy'r amser – ond roedd e'n *hwyl*. Allwn i ddim aros iddi ddod adref eto.

Snwffiais yn drist, gan weld eisiau ei phersawr rhosyn. Gwrandawais ar y tawelwch, gan weld eisiau ei chwyrnu cyson. Roeddwn i'n gweld ei heisiau hi cymaint.

Roedd hi'n wych cael ei chroesawu hi adref y diwrnod wedyn a chael chwarae gyda hi yn ein stafell wely ni. Dyna'r peth gorau am fy chwaer i – mae hi *yno* bob amser. Mae hi'n fy nghefnogi i. Mae hi'n deall sut mae pethau yn yr ysgol. A dydy hi ddim yn clepian – ddim pam mae hynny wir, wir yn bwysig. Hi yw'r chwaer orau yn y byd i gyd a dwi'n ei charu hi'n fawr.

CHWIORYDD

Dwi bob amser wedi meddwl y byddai hi'n wych cael bod yn rhan o deulu mawr iawn. Roeddwn i'n arfer mwynhau darllen llyfrau Saesneg am deuluoedd mawr fel *Little Women* a *What Katy Did*. Byddwn i'n dychmygu sut byddai hi i gael llawer o chwiorydd. Dwi'n aml yn sgrifennu'n eithaf hiraethus am chwiorydd sy'n agos iawn i'w gilydd. Unig blentyn oeddwn i ac roeddwn i'n dyheu am gael chwaer i chwarae â hi. Roeddwn i'n arfer esgus bod un gyda fi. Byddwn i'n siarad dan fy anadl wrth y person dychmygol yma wrth i mi chwarae â'm doliau, a byddai hi'n siarad yn ôl â mi. Weithiau bydden ni'n ffraeo hyd yn oed!

Gan Jacqueline Wilson

. . . a throwch y dudalen am lawer mwy am chwiorydd!

NODIADAU
DARLLEN

- Yn *Y Peth Gwaethaf Am Fy Chwaer*, mae Wena ac Indeg yn wahanol iawn i'w gilydd! Ysgrifennwch ddisgrifiad o'r ddwy ferch a'u personoliaethau. Ydych chi'n gallu gweld pethau sy'n esbonio pam maen nhw'n dadlau mor aml? Ydych chi'n meddwl y bydden nhw'n cyd-dynnu'n well petaen nhw'n fwy tebyg i'w gilydd?

- Prif gymeriad *Y Peth Gwaethaf Am Fy Chwaer* yw Wena, y tomboi, felly pan fydd y merched yn ffraeo, ei hochr hi o'r stori y byddwn ni'n ei chlywed bob amser! Ond ydych chi'n meddwl mai Indeg, y ferch 'go iawn' sydd bob amser ar fai am y ffraeo – neu oes bai ar Wena weithiau? Dewiswch dair dadl o'r stori a cheisio penderfynu pam dechreuon nhw, a sut gallai'r merched fod wedi ymddwyn yn wahanol.

- Yn eich barn chi, beth allai fod y peth anoddaf am gael chwaer? A'r peth gorau? Os oes gennych chi chwaer, disgrifiwch eich atgof hapusaf amdani. Os nad oes gennych chi chwaer, gallech chi sgrifennu am eich ffrind gorau yn yr ysgol!

- Pe gallech chi sgrifennu llythyr at Wena ac Indeg, beth fyddech chi'n ei ddweud wrthyn nhw i'w helpu i gyd-dynnu'n well? Efallai fod gennych chi gyngor da iddyn nhw. Gallech chi hyd yn oed ychwanegu rhai syniadau am bethau hwyliog i'r merched eu gwneud gyda'i gilydd – fel coginio, tynnu lluniau neu lwyfannu drama gartref!